GLOED

Sándor Márai, geboren op 11 april 1900 in het Hongaarse Kassa (nu Košice, Slowakije), studeerde letterkunde in Leipzig, Frankfurt en Berlijn. Vanaf 1929 schreef hij vele romans, verhalen, gedichten, essays en toneelstukken en werd hij een gevierd auteur in Hongarije. Gedurende de nazitijd leidde Márai in Boedapest een teruggetrokken leven, in 1948 ontvluchtte hij zijn land vanwege het communisme. Deze vrijwillige ballingschap duurde de rest van zijn leven. Zijn boeken werden in Hongarije verboden en verschenen vrijwel onopgemerkt in het buitenland. De laatste jaren van zijn leven leidde hij met zijn vrouw en aangenomen zoon een eenzaam bestaan in San Diego, waar hij op 22 februari 1989 zelfmoord pleegde. Márai wordt door literatuurliefhebbers algemeen beschouwd als een van de belangrijkste Europese schrijvers van de twintigste eeuw. Bij Wereldbibliotheek verschenen de romans *Gloed* (2000), *De erfenis van Eszter* (2000), *De opstandigen* (2003), *De gravin van Parma* (2004), *Kentering van een huwelijk* (2005), *De nacht voor de scheiding* (2006), *De meeuw* (2009) en *Vrede op Ithaca* (2011). In 2002 verscheen het autobiografische *Land, land!...* en in 2007 *Bekentenissen van een burger.*

Sándor Márai

Gloed

Zesendertigste druk

WERELDBIBLIOTHEEK · AMSTERDAM

Uit het Hongaars vertaald door Mari Alföldy

Deze vertaling kwam tot stand met steun van het Translation Fund of the Hungarian Book Foundation

Eerste druk, april 2000
Zesendertigste druk, september 2011

Oorspronkelijke titel *A gyertyák csonkig égnek*
Omslagontwerp Joost van de Woestijne
Omslagillustratie Comtesse de Keller van Alexandre Cabanel

Spuistraat 283 · 1012 VR Amsterdam

www.wereldbibliotheek.nl

ISBN 978 90 284 2100 4

1

De generaal bleef die ochtend lang in de wijnkelder. Samen met de wijngaardenier was hij 's morgens vroeg naar de wijngaard gegaan, omdat twee vaten waren gaan gisten. Het was al over elven toen hij thuiskwam na het bottelen. Op de veranda, waar het muf rook van de vochtige stenen, stond zijn jager onder de zuilen. Hij overhandigde een brief aan zijn thuisgekomen heer.

'Wat wil jij?' zei hij en hij bleef gepikeerd staan. De brede rand van zijn strohoed wierp een schaduw over zijn rode gezicht; hij duwde hem naar achteren. Al enkele jaren opende noch las hij brieven. De post werd in het kantoor van de rentmeester geopend en geselecteerd door een administrateur.

'Hij is door een bode gebracht,' zei de jager en hij bleef stokstijf staan.

De generaal herkende het handschrift, nam de brief aan en stopte hem in zijn zak. Hij ging naar de koele hal en gaf de jager zwijgend zijn hoed en zijn stok. Hij haalde zijn bril tevoorschijn uit zijn vestzak, stapte naar het raam en begon bij het licht dat tussen de spleten van de half gesloten jaloezieën doorschemerde, de brief te lezen.

'Wacht,' zei hij over zijn schouder tegen de jager, die aanstalten maakte om met de stok en de hoed weg te gaan.

Hij frommelde de brief in zijn zak.

'Kálmán moet de wagen inspannen en om zes uur klaarstaan. De landauer, want het gaat regenen. Hij moet zijn paradepak aan. Jij ook,' zei hij, met een onverwachte nadruk, alsof hij plotseling om iets boos geworden was. 'En alles moet glimmen. Laat ze meteen beginnen met het poetsen van de wagen en het tuig. Jij draagt livrei, begrepen? En je gaat naast Kálmán op de bok zitten.'

'Ja, mijnheer,' zei de jager en hij keek zijn heer strak in de ogen. 'Om zes uur.'

'Jullie vertrekken om halfzeven,' zei hij. Zijn lippen bewogen geluidloos, alsof hij aan het rekenen was. 'Je meldt je bij De Witte Adelaar. Je zegt alleen dat ík je gestuurd heb en dat de wagen er is voor meneer de kapitein. Herhaal.'

De jager herhaalde zijn woorden. Toen hield de generaal zijn hand omhoog, alsof hij nog iets wilde zeggen, en keek naar het plafond. Maar hij zei niets; hij ging naar boven. De jager bleef strak in de houding staan en keek hem met een glazige blik na tot de gedrongen, breedgeschouderde gestalte verdwenen was achter de uit steen gehouwen leuning bij de wending van de trap.

De generaal ging naar zijn kamer en liep naar de met groen vilt beklede hoge, smalle lessenaar, waarop een pen en inkt klaarlagen, evenals op de millimeter precies op elkaar gestapelde schriften met een kaft van zwart-wit geblokt wasdoek, zoals de schriften waar schoolkinderen hun opstellen in schrijven. Midden op de lessenaar stond een lamp met een groene kap; hij stak hem aan, want het was donker in de kamer. Achter de gesloten jaloezieën vlamde in de verdorde, verschroeide en uitgedroogde tuin de zomer voor de laatste keer op met de razernij van een brandstichter die in zijn grenzeloze woede het gewas in brand steekt, voordat hij de wijde wereld in trekt. De generaal haalde de brief tevoorschijn, streek het vel zorgvuldig glad en las bij het sterke licht, met zijn bril op zijn neus, nog een keer de korte, rechte regels, waarvan de letters met lange halen geschreven waren. Met zijn handen gevouwen op zijn rug stond hij te lezen.

Aan de muur hing een kalender, met vuistgrote cijfers. Veertien augustus. De generaal boog zijn hoofd achterover en rekende. Veertien augustus. Twee juli. Hij berekende het tijdsverloop tussen een dag lang geleden en de dag van vandaag.

‘Eenenveertig jaar,’ zei hij eindelijk halfluid. Sinds enige tijd sprak hij hardop in zijn kamer, ook als hij alleen was. ‘Eenenveertig,’ zei hij toen bedremmeld. Als een schooljongen die de kluts kwijt is door onverwachte verwikkelingen in de les, werd hij rood, boog zijn hoofd achterover en sloot zijn kleverige ogen. Zijn rode hals puilde uit boven de kraag van zijn maïsgele jas. ‘Twee juli achttienhonderdnegenennegentig, toen was de jacht,’ murmelde hij. Daarna zweeg hij. Door zorgen bezwaard leunde hij met zijn ellebogen op de lessenaar, als een scholier die zijn lesjes in zijn hoofd stampt, en staarde weer naar de tekst, die paar handgeschreven regels: de brief. ‘Eenenveertig jaar,’ zei hij uiteindelijk met schorre stem. ‘En drieënveertig dagen. Zo lang heeft het geduurd.’

Nu begon hij heen en weer te wandelen, alsof hij tot rust was gekomen. De kamer was gewelfd, met in het midden een zuil waarop de gewelfbogen rustten. Ooit waren in deze ruimte twee kamers, een slaapkamer en een garderobe. Vele jaren geleden – hij dacht slechts nog in decennia, hij hield niet van exacte getallen, alsof elk getal hem aan iets herinnerde wat beter vergeten kon worden – had hij bevolen om de wand tussen beide kamers af te breken. Alleen de zuil bleef staan, die het middelste gewelf ondersteunde. Het huis was tweehonderd jaar eerder gebouwd door een handelaar die haver voor de ruiters leverde aan het Oostenrijkse leger en later hertog werd. Toen werd het kasteel gebouwd. De generaal was hier geboren, in deze kamer. Toen was de achterste, donkere kamer, waarvan de ramen uitkeken op de tuin en de stallen, de kamer van de moeder, en de andere, die ruimer en prettiger was, de garderobe. Tientallen jaren eerder, toen hij deze vleugel van het gebouw betrok en de muur die de vertrekken van de moeder van elkaar scheidde, liet afbreken, werden de twee kamers één grote, halfduistere zaal. De afstand van de deur tot het bed was zeventien passen. En achttien passen van de muur aan de tuinzijde tot het balkon. Hij had het vaak genoeg geteld om het exact te weten.

Hij woonde in deze kamer als iemand die aan de beperkingen van een ziekte gewend is. Alsof die hem op maat was gemaakt. Jaren gingen voorbij zonder dat hij de andere vleugel van het kasteel betrad, waar zich op een rij een groene, een blauwe en een rode salon bevonden, met gouden kroonluchters. De ramen boden uitzicht op het park; op de kastanjebomen, die in het voorjaar over de balustrade van het balkon hingen en met hun roze kaarsen en donkergroene loofpracht stonden te pronken in een halve cirkel voor de verste punt van de zuidelijke vleugel van het kasteel, voor de ronde stenen balustraden van de balkons. De balustraden werden gedragen door dikke engeltjes. Hij ging naar de wijnkelder, of het bos, of – elke ochtend, ook in de winter en als het regende – naar de beek, waarin forellen zwommen. En als hij thuiskwam, ging hij door de hal naar zijn kamer en at daar.

'Hij is dus teruggekomen,' zei hij nu, hardop, midden in de kamer. 'Eenenveertig jaar. En drieënveertig dagen.'

Hij wankelde even, alsof hij moe was geworden na het uitspreken van deze woorden, alsof hij nu pas begrepen had wat een lange tijd eenenveertig jaar en drieënveertig dagen was. Hij ging zitten in de versleten leren leunstoel. Op het kleine tafeltje lag een zilveren bel, klaar om te pakken: daarmee belde hij.

'Laat Nini bovenkomen,' zei hij tegen de bediende. En daarna, beleefd: 'Vraag of ze alsjeblieft naar boven wil komen.'

Hij bewoog niet, hij bleef zitten met de zilveren bel in zijn hand totdat Nini de kamer betrad.

2

Nini was eenennegentig jaar oud en ze kwam snel aanlopen. In deze kamer had zij de generaal als baby in haar armen gewiegd. Zij was in de kamer toen de generaal geboren werd. Ze was toen zestien jaar oud en heel knap. Ze was klein, maar gespierd en rustig, alsof haar lichaam een geheim kende. Alsof ze iets verborg, in haar botten, haar bloed en vlees, het geheim van het leven of de tijd; dit kan niet worden verteld aan anderen of in een vreemde taal vertaald, woorden kunnen dit geheim niet dragen. Ze was de dochter van de postbesteller uit het dorp; ze baarde een kind toen ze zestien jaar oud was, en ze vertelde niemand ooit wie de vader van het kind was. Ze zoogde de generaal omdat ze veel melk had; toen haar vader haar van huis wegjoeg, kwam ze naar het kasteel. Ze had niets dan een stel kleren en een haarlok van het gestorven kind in een envelop. Zo kwam ze aan in het kasteel. Ze was net op tijd voor de geboorte. De eerste slok melk dronk de generaal uit de borst van Nini.

Zo leefde zij stilzwijgend in het kasteel, vijfenzeventig jaar lang. Ze glimlachte altijd. Haar naam klonk door de kamers: 'Nini'. Zij herinnerde de bewoners van het kasteel eraan dat er ook nog iets anders in de wereld was dan egoïsme, passie en ijdelheid. En omdat ze altijd daar was waar haar aanwezigheid nodig was, zagen ze haar nooit. En omdat ze altijd opgewekt was, vroegen ze haar nooit hoe ze opgewekt kon zijn, terwijl de man van wie ze had gehouden weggegaan was en het kind waarvoor de melk bestemd was, gestorven. Ze gaf de generaal de borst en bracht hem groot, en toen ging vijfenzeventig jaar voorbij. Soms scheen de zon over het kasteel en de familie, dan merkten zij in de algehele schittering dat Nini ook glimlachte. Toen stierf de gravin, de moeder van de generaal, en Nini waste met een doek gedoopt in azijnwater het koude, witte, slijmerige zweet van het voorhoofd van de dode. En op een dag werd de vader van de generaal op een draagbaar naar huis gebracht, want hij was van zijn paard gevallen, en hij bleef nog vijf jaar leven. Nini verpleegde hem. Ze las hem voor in het Frans, en aangezien zij deze taal niet machtig was, las ze alleen de letters, ze kende de juiste uitspraak niet, daarom las ze de letters heel langzaam achter elkaar. Maar de zieke verstond het zo ook wel. Later trouwde de generaal, en toen hij en zijn vrouw van de huwelijksreis terugkwamen, werden ze bij de poort van het kasteel door Nini verwelkomd. Ze kuste de hand van de nieuwe mevrouw en overhandigde haar rozen. Ook toen glimlachte Nini; soms herinnerde de generaal zich dit moment. Later overleed de vrouw, twintig jaar later, en Nini verzorgde haar graf en bewaarde de kleren van de overledene.

Ze had titel noch status in het huis. Maar iedereen voelde dat ze kracht had. Slechts de generaal wist vagelijk dat Nini de negentig al gepasseerd was. Maar daarover werd niet gesproken. De kracht van Nini straalde in het huis, door de mensen, de muren en de voorwerpen heen, als de geheime stroom die de figuren laat bewegen op het kleine toneeltje van het rondtrekkende poppentheater. Soms hadden ze het gevoel dat het huis en de dingen ineen zouden storten als ze niet bijeengehouden werden door de kracht van Nini, zoals zeer oude stoffen vergaan, uiteenvallen, wanneer ze onverwachts worden aangeraakt. Toen zijn vrouw was overleden, ging de generaal op reis. Hij kwam een jaar later terug en verhuisde meteen naar de oude vleugel van het kasteel, naar de kamer van de moeder. De nieuwe vleugel, waar hij met zijn vrouw had gewoond, de gekleurde salons, waar het Franse zijden behang begon af te bladderen, de grote herenkamer met de schouw en de boeken, de opgang met de hertengeweien en de opgezette auerhanen, de geprepareerde gemzenkoppen, de grote eetkamer waarvan de ramen uitzicht boden op de vallei en het stadje en op de blauwzilveren bergruggen in de verte, de kamers van de vrouw en zijn oude slaapkamer vlak bij die van zijn echtgenote liet hij afsluiten. In die tweeëndertig jaar, sinds de vrouw was overleden en de generaal was teruggekomen van zijn buitenlandse reis, betrad alleen Nini deze kamers, en het dienstpersoneel, wanneer er – eens in de twee maanden – werd schoongemaakt.

'Ga zitten, Nini,' zei de generaal.

De min ging zitten. Het laatste jaar was ze ouder geworden. Voorbij de negentig worden mensen anders oud dan na vijftig of zestig. Ze worden oud zonder verongelijkt te zijn. Het gelaat van Nini was gerimpeld en roze – zeer edele materialen verouderen op deze wijze, honderden jaren oude zijden stoffen, waarin alle kunstvaardigheid en alle dromen van een familie verweven zijn. Het afgelopen jaar kreeg ze staar aan haar rechteroog. Dit oog was nu droevig, grijs. Het andere oog was blauw gebleven, zo blauw als de tijdloze bergmeren in de hoge bergen in augustus. Dit oog glimlachte. Nini droeg donkerblauwe kleren, altijd dezelfde, een rok en een blouse gemaakt uit één stuk. Alsof ze vijfenzeventig jaar lang nooit kleren had laten maken.

'Konrád heeft geschreven,' zei de generaal en hij hield met één hand achteloos de brief omhoog. 'Weet je nog?'

'Ja,' zei Nini. Ze wist alles nog.

'Hij is in de stad,' zei de generaal tegen de min, zachtjes, alsof hij een belangrijke vertrouwelijke mededeling deed. 'Hij logeert in De Witte Adelaar. Hij komt vanavond hierheen, ik stuur het rijtuig om hem op te halen. Hij komt hier dineren.'

'Hier? Waar?' vroeg Nini kalm. En haar blauwe oog, het levendige, glimlachende oog keek de kamer rond.

Al twintig jaar hadden ze geen gasten meer ontvangen. Het bezoek dat af en toe het middagmaal kwam gebruiken, de heren van de provincie en de stad, de gasten bij de grote klopjacht, werden ontvangen door de rentmeester in het jachthuis, waar bezoekers in alle jaargetijden welkom waren: slaapkamers, badkamers, een keuken, de grote eetzaal voor het jagersvolk en de open veranda stonden dag en nacht klaar voor het bezoek. Bij zulke gelegenheden zat de rentmeester aan het hoofd van de tafel en onthaalde de jagers of de officiële heren gastvrij namens de generaal. Niemand werd daardoor nog gekrenkt, want iedereen wist dat de gastheer onzichtbaar was. In het kasteel kwam alleen de pastoor, eens per jaar, in de winter, om met krijt de namen Caspar, Melchior en Balthasar op de lateibalk boven de deur te schrijven; de pastoor, die de bewoners van het huis kwam begraven. Nooit iemand anders.

'Aan de overkant,' zei de generaal. 'Kan dat?'

'Er is een maand geleden schoongemaakt,' zei de min. 'Het kan wel.'

'Om acht uur. Kan het?' vroeg hij opgewonden, met een enigszins kinderlijke nieuwsgierigheid, terwijl hij voorover-boog in de leunstoel. 'In de grote zaal. Het is nu twaalf uur.'

'Twaalf uur,' zei de min. 'Dan ga ik nu zeggen dat ze moeten beginnen. Ze kunnen tot zes uur luchten, dan de tafel dekken.' Haar lippen bewogen alsof ze aan het rekenen was. Ze berekende de tijd en de veelheid van taken. 'Ja,' zei ze toen, kalm en vastberaden.

De generaal observeerde haar nieuwsgierig, met zijn lichaam voorovergebogen. De twee levens bevonden zich in een gezamenlijke stroom, in het langzame levensritme van zeer oude lichamen. Ze wisten alles van elkaar, meer dan moeder en kind, meer nog dan gehuwden. Wat hun lichamen verbond, was intiemer dan welke lichamelijke verbintenis ook. Misschien was de moedermelk de oorzaak daarvan. Misschien ook wel het feit dat Nini het eerste levende wezen was geweest dat de generaal bij zijn geboorte zag, temidden van het bloed en het vuil waarin de mensen geboren worden. Misschien kwam het door de vijfenzeventig jaren die ze samen hadden doorgebracht, onder hetzelfde dak, terwijl ze hetzelfde voedsel aten en dezelfde lucht inademden: ze deelden de muffe lucht van het huis, de bomen voor de ramen, alles. En dit alles had geen naam. Ze waren geen broer en zus, geen minnaars. Er is ook nog iets anders, en ergens vaag wisten ze dat. Er bestaat een verbondenheid die sterker en intenser is dan die van tweelingen in de moederschoot. Het leven had hun dagen en nachten met elkaar vermengd, ze kenden elkaars lichaam en elkaars dromen.

De min zei: 'Wil je alles zo hebben als vroeger?'

'Ja,' zei de generaal. 'Precies zoals de laatste keer.'

'Goed,' zei ze kort.

Ze liep naar de generaal, boog voorover en kuste de beringde, geaderde hand vol levervlekken.

'Beloof me,' zei ze, 'dat je je niet zult opwinden.'

'Ik beloof het,' zei de generaal zacht, gehoorzaam.

3

Tot vijf uur kwam er geen teken van leven uit zijn kamer. Toen belde hij om de kamerdienaar en vroeg om een koud bad. Het middagmaal zond hij terug, hij dronk slechts een kopje koude thee. Hij lag op de divan in de halfduistere kamer; achter de koele muren gonsde en gistte de zomer. Hij luisterde naar het kokendhete zieden van het licht, naar het ruisen van de warme wind door verslapte bladeren en merkte elk geluid in het kasteel op.

Nu hij over de eerste verrassing heen was, voelde hij zich ineens moe. Mensen zijn zich hun hele leven lang op iets aan het voorbereiden. Eerst zijn ze gekwetst. Dan willen ze wraak. Dan wachten ze. Hij was al lange tijd aan het wachten. Hij kon zich de tijd niet heugen dat de gekrenktheid en de wraaklust omgezet waren in wachten. In de tijd blijft alles bestaan, maar alles wordt kleurloos, zoals zeer oude fotografieën die nog op een metalen plaat werden vastgelegd. De karakteristieke scherpe nuances van de trekken worden door het licht en de tijd van de plaat afgespoeld. De plaat moet worden rondgedraaid, er is een bepaalde breking van het licht nodig om op de blinde plaat te zien wie de persoon is wiens gelaatstrekken eens door het spiegelblad zijn geabsorbeerd. Zo vervagen in de tijd alle menselijke herinneringen. Maar op een dag komt er een lichtstraal en dan zien we een bepaald gezicht weer. De generaal bewaarde in de lade zo'n oude fotografie. Het portret van zijn vader. Zijn vader droeg daarop het uniform van kapitein van de garde. Hij had gekrulde lokken als een meisje. Van zijn schouder viel een witte gardistenmantel omlaag, die hij met zijn beringde hand op zijn borst bijeenhield. En hij hield zijn hoofd opzij, trots en gekrenkt. Hij zei nooit waar hij gekwetst was en waarom. Toen hij uit Wenen terugkwam, begon hij te jagen. Hij ging elke dag op jacht, in elk jaargetijde; als er geen wild voorhanden was, of wanneer het jachtverbod was ingegaan, joeg hij op vossen en kraaien. Alsof hij iemand wilde vermoorden en zich voortdurend op deze wraakoefening aan het voorbereiden was. De moeder van de generaal, de gravin, had het kasteel tot verboden terrein verklaard voor de jagers, ja, ze had alles verboden en verwijderd wat aan de jacht deed denken, de wapens, de munitietassen, de oude pijlen, de opgezette vogel- en hertenkoppen, de geweien. Toen bouwde de gardist het jachthuis. Daar was alles bij elkaar: voor de haard lagen grote berenvellen uitgespreid, en langs de muren hingen de wapens aan bruinomrande wandtafels met wit vilt. De Belgische en Oostenrijkse geweren. De Engelse messen en de Russische kogelwapens. Voor elk soort wild. En vlak bij het jachthuis werden de honden gehouden, de omvangrijke meute, de speurhonden en de staande honden, en ook de valkenier woonde hier met de drie gekapte valken. De vader van de generaal leefde hier, in het jachthuis. In het kasteel zag men hem enkel op het uur van de maaltijden. In het kasteel waren de muren bedekt met zachte kleuren, lichtblauw, lichtgroen en lichtrood zijden behang uit Frankrijk, van gouden strepen voorzien in de textielfabrieken in de buurt van Parijs. De gravin zocht zelf jaarlijks behang en meubels uit in de Franse fabrieken en winkels, iedere herfst, wanneer zij naar haar land terugkeerde voor familiebezoek. Die reis sloeg ze nooit over. Ze had er recht op, ze had dit recht als voorwaarde in het huwelijkscontract laten opnemen toen zij trouwde met de buitenlandse gardist.

Misschien kwam het door de reizen, dacht de generaal nu. Hij bedoelde dat de ouders elkaar niet begrepen. De gardist gaf zich over aan de jacht, en omdat hij de wereld, waarin mensen en dingen voorkwamen die anders waren dan hijzelf – vreemde steden, Parijs, kastelen, de vreemde taal en andere levensgewoonten – niet kon vernietigen, doodde hij de reeën, beren en herten. Ja, misschien de reizen. Hij stond op en ging voor de dikbuikige witte porseleinen kachel staan, die eens de slaapkamer van de moeder had verwarmd. Het was een grote kachel, honderd jaar oud, de warmte straalde uit zijn buik zoals de welwillendheid afstraalt van een vadsige man met een dikke buik die zijn zelfzucht wil verzachten met een vrome en goedkope weldaad. De moeder had het hier onmiskenbaar koud. Dit kasteel was voor haar te donker, de gewelfde kamers midden in het bos, daarom bedekte ze de muren met lichte zijde. En ze had het koud, omdat er altijd wind stond in het bos, ook in de zomer, wind die de smaak had van bergbeken die in het voorjaar opzwellen van de gesmolten sneeuw en beginnen over te stromen. Ze had het koud, daarom moest de dikke witte porseleinen kachel altijd opgestookt zijn. De moeder wilde het wonder. Ze was naar het oosten gekomen omdat ze was geraakt door een passie die sterker was dan haar verstand en oordeel. De gardist had haar leren kennen in de buitenlandse dienst: hij was in de jaren vijftig koerier bij de ambassade in Parijs. Hij leerde haar kennen op een bal, en ze konden niets doen tegen deze ontmoeting. De muziek speelde en de gardist zei tegen de dochter van de Franse graaf: 'Bij ons is het gevoel sterker, noodlottiger.' Dit gebeurde op een dansavond van de ambassade. De ramen waren bedekt met witte zijden gordijnen, ze stonden in een vensternis en keken naar de dansende paren. De Parijse straat was wit, het sneeuwde. Op dat ogenblik betrad de afstammeling van de Lodewijken de zaal, de Franse koning. Allen bogen. De koning droeg een blauw rokkostuum en een wit vest; hij bracht met een langzame beweging zijn lorgnet met gouden handvat voor zijn ogen. Toen zij uit de diepe, hoofse buiging omhoogkwamen, keken ze elkaar in de ogen. Ze wisten toen al dat ze er niets tegen konden doen, ze moesten samen leven. Ze glimlachten, bleek en verlegen. In de belendende kamer klonk de muziek. Het Franse meisje zei: 'Bij u? Waar?' en glimlachte bijziend. De gardist noemde de naam van zijn land. Het eerste intieme woord tussen hen was de naam van zijn vaderland.

Ze gingen naar dat land in de herfst, bijna een jaar later. De vreemde vrouw zat in sluiers en dekens gehuld diep weggeborgen in de karos. Ze trokken over de bergen, door Zwitserland en Tirol. In Wenen werden ze ontvangen door de keizer en de keizerin. De keizer was goedgunstig, zoals in de schoolboeken. Hij zei: 'U moet oppassen! In het woud waar hij u mee naar toe neemt, leven beren. Hij is ook een beer.' En hij glimlachte. Allen glimlachten. Dit was een grote gunst, de keizer schertste met de Franse echtgenote van de Hongaarse gardist. De vrouw antwoordde: 'Majesteit, ik zal hem met muziek temmen, zoals Orpheus de wilde beesten.' Ze reisden door bossen en velden, die geurden naar fruit. Toen ze de grens over gingen, verdwenen de bergen en de steden, en de vrouw begon te wenen. 'Chéri,' zei ze, 'ik word duizelig. Hier heeft niets een einde.' Ze werd duizelig van de aanblik van de poesta, de kale vlakte, die bedwelmd lag onder de last van de warrelende zware herfstlucht; de oogst was al binnengehaald, de wagen reed urenlang over slecht begaanbare wegen, alleen de kraanvogels doorkliefden de lucht, en de maïsvelden langs de weg lagen er zo geplunderd bij als na een oorlog, wanneer het verwonde landschap sterft nadat het leger voorbijgetrokken is. De gardist zat zwijgend in het rijtuig, met zijn armen gevouwen. Soms vroeg hij om een paard en reed naast de wagen, urenlang. Hij keek naar zijn land alsof hij het voor het eerst zag. Hij keek naar de groene jaloezieën en witte veranda's van de lage huizen waar ze overnachtten, de huizen achter in diepe tuinen, waarin de mensen van zijn soort woonden, de koele kamers, waar alle meubels zo bekend waren, evenals de geur van de kasten. Hij keek naar het landschap, waarvan de verlatenheid en triestheid hem nu beroerden op een manier zoals nooit tevoren: hij keek door de ogen van de vrouw naar de puthaken, de zoute gronden, de berkenbossen en de roze wolken in de avondschemer boven de vlakte. Het land ontsloot zich voor hen en de gardist voelde met kloppend hart dat het landschap dat hen ontving, tevens een lotsbestemming was. De vrouw zat in de karos en zweeg. Af en toe bracht ze haar zakdoek naar haar ogen. Haar man boog dan uit het zadel en keek vragend in de betraande ogen. Maar de vrouw gebaarde dat ze verder moesten gaan. Ze hadden iets wat hen verbond.

De eerste tijd vond zij troost in het kasteel. Het was zo groot, en door het woud en de bergen zo afgesloten van de vlakte: het was een thuis in het vreemde land. Nu kwamen de huifkarren aan, elke maand een huifkar. Uit Parijs en Wenen, karren met meubels, linnen, damast, gravures en een spinet, want de vrouw was van plan de wilde beesten met muziek te temmen. De eerste sneeuw was al gevallen toen ze het kasteel ingericht hadden, waarna hun leven daar begon. Het kasteel werd ingesloten door de sneeuw, alsof het belegerd was door een zwijgzaam, somber leger uit het noorden. 's Nachts kwamen reeën en herten uit het bos; ze bleven staan in de sneeuw en de maneschijn, en ze keken met hun prachtige, blauw weerspiegelende, donkere, ernstige dierenogen aandachtig naar de oplichtende ramen van het kasteel, met hun kop opzij, en luisterden naar de muziek die uit het kasteel sijpelde. 'Zie je?' zei de vrouw aan het instrument en ze lachte. In februari werden de wolven uit het hooggebergte door de vorst naar het dal gedreven; de bedienden en de jagers maakten een groot vuur van sprokkelhout in het park en de wolven liepen er huilend omheen, aangetrokken en betoverd door de vlammen. De gardist begaf zich gewapend met een mes onder de beesten en de vrouw keek naar hem vanuit het raam. Er was iets wat ze niet geregeld konden krijgen met elkaar.

Maar ze hielden wel van elkaar. De generaal ging voor het portret van zijn moeder staan. Het was het werk van een Weense schilder, die ook een portret van de keizerin geschilderd had, met loshangend haar; de gardist had het schilderij gezien in de werkkamer van de keizer in de Burg. Op de afbeelding droeg de gravin een strohoed met roze bloemen, zoals de meisjes van Florence in de zomer. Het schilderij hing in een gouden lijst aan de witte muur boven een kersenhouten kast met vele laden. Dit meubelstuk had nog aan de moeder toebehoord. De generaal leunde met twee handen op het blad van de kast en keek zo naar het schilderij in de hoogte. De jonge vrouw boog op het portret van de Weense schilder haar hoofd opzij en keek met een tedere, ernstige blik in het niets, alsof ze wilde vragen: 'Waarom?' Dit was de betekenis van het schilderij. Edel waren de trekken van het gezicht, sensueel de hals, de handen, waaraan ze gehaakte halve handschoenen droeg, de witte schouders en de boezem in het decolleté van de lichtgroene jurk. Zij was een vreemdeling. Ze vochten met elkaar zonder woorden, met muziek en jacht, reizen en soirees, waarbij het kasteel in licht baadde alsof er brand uitgebroken was in de zalen, en de stallen gevuld raakten met de paarden en de koetsiers van de gasten; op elke vierde trede van de grote opgang stonden heidukken, stijf als de opgezette wassen beelden in het panopticum, die twaalfarmige zilveren kandelaars omhooghielden; het licht, de muziek, de menselijke stemmen en de geuren van de lichamen warrelden rond in de zalen alsof het leven een wanhopig feest was, een tragisch en majestueus evenement, waarna de hoornisten op hun instrument zouden blazen en een onheilspellend bevel aan de deelnemers van de avond bekend zouden maken. De generaal kon zich dergelijke soirees nog wel herinneren. Soms sloegen de koetsiers in het besneeuwde park hun kamp op met de paarden, omdat er in de stallen geen plaats meer was. En één keer kwam ook de keizer, die in dit land koning was. Hij kwam per rijtuig, begeleid door ruiters met witte vederbossen. Hij ging twee dagen jagen in het bos, hij woonde in de andere vleugel, sliep in een ijzeren bed, en danste met de gastvrouw. Onder het dansen praatten zij, en de ogen van de vrouw liepen vol tranen. Hij boog, kuste haar hand en bracht de gastvrouw terug naar de andere zaal, waar zijn gevolg in een halve cirkel stond. Hij begeleidde de vrouw naar de gardist, en kuste haar nog een keer de hand.

'Waar praatte u over?' vroeg de gardist later, veel later, aan zijn vrouw.

Maar de vrouw vertelde het niet. Niemand kwam te weten wat de koning had gezegd tegen de vrouw die uit een vreemd land was gekomen en onder het dansen in huilen was uitgebarsten. In de omgeving werd hier nog lang over gepraat.

4

Het kasteel sloot alles in zich op, als een grote, rijkelijk bewerkte stenen grafkelder, waarin de beenderen van generaties liggen te vergaan, waarin de lijkwaden van vrouwen en mannen van weleer, gemaakt van grijze zijde of zwart laken, liggen te verteren. Het sloot ook de stilte op, zoals een keldercel een diepreligieuze gevangene opsluit, die half bewusteloos ligt weg te kwijnen, met een baard en in vodden, verschimmeld op rottend stro. Ook de herinneringen van de doden werden er opgesloten, de herinneringen die in de geheime holten van de kamers sluimerden, zoals paddestoelen, vocht, vleermuizen, ratten en kevers in de vochtige kruipruimten van zeer oude huizen. Op de deurkrukken kon men de trilling van een hand voelen, de opwinding van een lang vervlogen ogenblik, toen de hand aarzelde om deze deur te openen. Ieder huis waar mensen door de volle kracht van passie zijn beroerd, vult zich met deze vage inhoud.

De generaal keek naar het portret van de moeder. Hij kende elke trek van het smalle gezicht. De ogen keken met slaperige en trieste minachting de tijd in; vrouwen uit vroegere tijden bestegen het schavot met deze blik in de ogen, met evenveel minachting voor degenen voor wie zij gingen sterven als voor degenen die hen ter dood brachten. De familie van de moeder had een kasteel in Bretagne, aan zee. De generaal was een jaar of acht toen hij een zomer meegenomen werd daar naartoe. Toen reisden ze al per trein, zeer traag. In de bagagenetten lagen in geborduurd linnen verpakte stukken bagage met de initialen van de moeder. In Parijs regende het. Het kind zat diep in een met blauwe zijde beklede karos en zag door de ruiten vaag de stad, die in de regen een gladde glans had als de buik van een dikke vis. Hij zag puntige daken, hoge schoorstenen, die grijs en scheef omhoogstaken tussen de vuile gordijnen van de vochtige hemel, alsof ze iets wereldkundig maakten over geheimen van andere, onbegrijpelijke lotsbestemmingen. De vrouwen liepen lachend door de regen, met één hand tilden ze hun rok op, hun tanden blonken, alsof de regen, de vreemde stad, het Frans praten, dit allemaal iets vrolijks en leuks was, wat een kind nog niet kon begrijpen. Hij was acht jaar oud, en zat ernstig naast zijn moeder in de karos, tegenover de kamenier en de gouverneur; hij voelde dat hij een taak had. Iedereen lette op hem, de kleine wilde, die van ver kwam, uit het woud, bij de beren vandaan. Het kind sprak de Franse woorden voorzichtig uit, zorgvuldig en scrupuleus. Hij wist dat hij ook sprak namens zijn vader, het kasteel, de honden, het bos en zijn achtergelaten thuis. Een poort ging open, de wagen reed een ruime binnenplaats op, voor de brede trappen stonden bedienden in rokkostuum te buigen. Dit alles was enigszins vijandig. Hij werd door zalen geleid, waar alles pijnlijk en dreigend op zijn plaats was. In de grote kamer op de bovenverdieping werd hij ontvangen door de Franse grootmoeder. Zij had grijze ogen en een smal zwart snorretje; haar hoog opgestoken haar, dat eens rood geweest moest zijn, was nu vuil-rossig, alsof de tijd vergeten was deze haren te wassen. Ze kuste het kind; ze trok met haar witte, benige handen het hoofd van de nieuwkomer een beetje naar achteren en keek zo uit de hoogte naar hem. 'Tout de même,' zei zij tegen de moeder, die bezorgd naast hen stond, alsof het kind een examen moest afleggen, alsof er zo meteen iets duidelijk zou worden. Later werd lindebloesemthee gebracht. Alles had een ondraaglijke geur. Tegen middernacht huilde hij en begon over te geven. 'Nini moet komen!' zei hij en hij stikte bijna in zijn tranen. Lijkwit lag hij in zijn bed.

De volgende dag kreeg hij hoge koorts; hij ijlde. Plechtstatige artsen arriveerden in zwarte redingotes met een gouden horlogeketting door het middelste knoopsgat van hun witte vest. Ze bogen zich over het kind; hun baarden en kleren verspreidden dezelfde geur als de voorwerpen in het kasteel, als de haren en de mond van de Franse grootmoeder. Het kind dacht dat het zou doodgaan als die geur niet verdween. Tegen het einde van de week was de koorts nog niet gezakt en de pols van het kind werd onregelmatig. Toen stuurde men een telegram dat Nini moest komen. Het duurde vier dagen voordat de min in Parijs aankwam. De majordomus, die grote bakkebaarden had, herkende haar niet op het station, en Nini kwam te voet in het paleis aan, met een gehaakte tas in haar hand. Ze kwam zoals de trekvogels; ze kende geen Frans, ze kende de straten niet, ze kon nooit antwoord geven op de vraag hoe ze in die vreemde stad het huis had kunnen vinden dat het zieke kind verborg. Ze stapte de kamer binnen, ze haalde het stervende kind uit bed. Hij was al helemaal stil, slechts zijn ogen glommen nog; ze nam hem op haar schoot, legde haar armen strak om hem heen; ze zat daar stil en wiegde hem. Op de derde dag kreeg het kind het laatste oliesel toegediend. Die avond kwam Nini uit de ziekenkamer en zei in het Hongaars tegen de gravin: 'Ik denk dat hij het haalt.'

Ze huilde niet, ze was alleen erg moe, want ze had zes dagen niet geslapen. Ze ging terug naar de ziekenkamer, haalde voedsel van thuis uit de gehaakte tas en begon te eten. Zes dagen lang hield ze het kind met haar adem in leven. De gravin zat geknield voor de deur te huilen en te bidden. Iedereen was daar, de Franse grootmoeder, het personeel, een jonge priester met schuine wenkbrauwen die op elk uur van de dag het huis in- en uitliep. De dokters bleven langzamerhand weg. Nini ging mee naar Bretagne, de Franse grootmoeder bleef verbijsterd en beledigd in Parijs achter. Natuurlijk sprak niemand uit waarom het kind ziek geworden was. Ze zeiden het niet, maar ze wisten het. De generaal wilde liefde, en toen die vreemde mensen over hem heen gebogen stonden, en alles die ondraaglijke geur verspreidde, besloot hij dat hij liever wilde sterven. In Bretagne druisten de wind en de vloed over de oude stenen. In de zee stonden rode rotsen. Nini was kalm, ze keek glimlachend naar de zee en de lucht, alsof zij ze eerder had gezien. Op de vier hoeken van het kasteel stonden zeer oude, dikbuikige torens, waar lange tijd geleden de voorouders van de gravin op de uitkijk stonden voor Surcouf, de piraat. Het kind werd snel bruin en lachte veel. Hij was niet meer bang, want hij wist dat zij met z'n tweeën, Nini en hij, sterker waren. Ze zaten op het strand, de wind speelde met de blauwe ruches van Nini's jurk, alles smaakte zout, zelfs de lucht en de bloemen. 's Morgens, als de vloed weggetrokken was, bleven in de kuilen van de rode rotsen aan de kust zeespinnen met harige poten, kreeften met rode buiken, en geleiachtige paarse zeesterren achter. Op de binnenplaats van het kasteel stond een honderden jaren oude vijgenboom, als een wijze uit het oosten, die alleen nog heel eenvoudige verhalen vertelt. Onder zijn dichte loof was er zoete, geurige koelte. Tijdens de middaguren, wanneer de zee bedwelmd dreunde, zat het kind hier samen met de min te zwijgen.

'Ik word later dichter,' zei hij eens en hij keek op, met het hoofd opzij.

Hij keek naar de zee, zijn blonde lokken wapperden in de warme wind, met half gesloten ogen tuurde hij tussen zijn wimpers in de verte.

De min omhelsde hem en trok zijn hoofd tegen haar borst. Zo zei ze: 'Nee, jij wordt soldaat.'

'Zoals papa?' Het kind schudde zijn hoofd. 'Papa is ook dichter, weet jij dat niet? Hij denkt altijd aan iets anders.'

'Dat is waar,' antwoordde de min met een zucht. 'Ga niet in de zon, lieveling. Je zult hoofdpijn krijgen.'

Ze zaten zo lange tijd onder de vijgenboom. Ze luisterden naar de zee: het ruisen was vertrouwd. Zo ruiste thuis het bos. Het kind en de min dachten dat alles in de wereld bij elkaar hoorde.

5

Zoiets beseffen mensen pas later. Decennia gaan voorbij, ze passeren een donkere kamer waarin iemand gestorven is en opeens horen ze het ruisen van de zee, de oude woorden. Alsof die paar woorden de zin van het leven hadden uitgedrukt. Maar later moest altijd over iets anders gesproken worden.

In het najaar, toen ze uit Bretagne terugkwamen, wachtte de gardist zijn gezin op in Wenen. Ze brachten het kind naar het militair opleidingsinstituut. Hij kreeg een klein zwaard, een lange broek en een sjako. Het wapen werd hem omgegord; de pupillen gingen op zondag in donkerblauwe uniformen wandelen op de Graben. Ze zagen eruit als spelende kinderen die zich als soldaat verkleed hadden. Ze droegen witte handschoenen en salueerden gracieus.

Het opleidingsinstituut stond vlak bij Wenen op een heuvel. Het was een geel gebouw; uit de ramen van de tweede verdieping kon men de oude stad zien met haar rechte, strakke straten, en het zomerpaleis van de keizer, de daken van Schönbrunn en de wandelpaden tussen de gesnoeide bomen in de grote tuin. In de witte, gewelfde gangen, de klaslokalen, de eetzaal en op de slaapzalen was alles op een rustgevende wijze op zijn plaats, alsof dit de enige plek ter wereld was waar alles wat maar slordig en overbodig was in het leven, eindelijk geordend en op zijn plaats gezet was. De leiding bestond uit oude officieren. Alles rook naar salpeter. Op de slaapzalen sliepen ze met z'n dertigen, in elke zaal dertig kinderen van dezelfde leeftijd, in smalle ijzeren bedden, als de keizer. Boven de ingang hing een kruis, met gewijde takken. 's Nachts brandde er blauw licht in de lampen. 's Morgens werden ze gewekt met hoorngeschal; 's winters bevroor soms het waswater in de metalen bakken. Dan brachten de bedienden warm water uit de keuken in grote kannen.

Ze leerden Grieks en ballistiek, de wijze waarop men zich tegenover de vijand hoorde te gedragen, en geschiedenis. Het kind was bleek en hoestte veel. De aalmoezenier nam hem in de herfst elke middag mee uit wandelen in Schönbrunn. Ze liepen langzaam over de brede wegen. Uit een fontein, waarvan de stenen waren aangevreten door groen mos en schimmel, klaterde goudkleurig water omlaag in het zonlicht. Ze wandelden tussen de hagen van gesnoeide bomen, het kind rechtte zijn rug en met zijn hand in de witte handschoen salueerde hij voor de oude militairen die hier in vol ornaat wandelden, alsof elke dag de verjaardag van de keizer was. Er liep een vrouw op de weg met een parasol van witte kant over haar schouder, haar hoofd onbedekt; zij passeerde hen snel en de aalmoezenier boog diep.

'De keizerin,' fluisterde hij het kind toe.

Het gelaat van de vrouw was zeer wit, ze had haar dikke zwarte haar in drie vlechten om haar hoofd gedraaid. Op drie passen afstand, enigszins gebogen, alsof ze moe geworden was van de haast, volgde een dame in het zwart.

'De keizerin,' zei de aalmoezenier nog een keer, in diepe devotie.

Het kind keek de eenzame vrouw na, die bijna rende tussen de bomenrijen van de grote tuin, alsof ze ergens voor op de vlucht was.

'Ze lijkt op mama,' zei hij, want hij moest aan het schilderij denken dat in de werkkamer van de vader boven het bureau hing.

'Zoiets mag je niet zeggen,' sprak de aalmoezenier ernstig.

Van 's morgens vroeg tot 's avonds laat leerden ze wat je allemaal niet mocht zeggen. In het instituut, waar vierhonderd kinderen hun opvoeding kregen, was het zo stil als binnen in een bom, één minuut voor de explosie. Ze waren er allemaal, uit Tsjechische kastelen, hoogblond, met wipneuzen en vermoeide, witte handen, uit Moravische landhuizen, Tiroler burchten en de jachtkastelen van Stiermarken, uit de paleizen met gesloten jaloezieën in de straten rond de Graben, en de huizen van het Hongaarse platteland; ze droegen lange adellijke namen met veel medeklinkers en ze hadden veel titels en rangen, die hier bij dit instituut in bewaring werden gegeven als in een garderobe, zoals het Hollandse ondergoed en de fijne burgerkleren die men in Londen en Wenen had laten maken. Van dit alles bleef slechts een naam over, en een kind dat bij die naam hoorde en nu ging leren wat wel en niet mocht. Er waren Slavische jongens met een smal voorhoofd, in wier bloed alle menselijke karakteristieken van het rijk zich vermengden, er waren blauwogige, zeer vermoeide tienjarige aristocraten die in het niets keken alsof hun voorouders alles al voor hen gezien hadden, en een hertog uit Tirol schoot zich op twaalfjarige leeftijd dood omdat hij verliefd was op zijn nicht.

Konrád sliep in het bed naast hem. Ze waren tien jaar oud toen ze elkaar leerden kennen. Hij was gedrongen en toch mager, zoals de kinderen van zeer oude rassen, in wier lichamen de botten overwicht hebben over het vlees. Hij was nogal traag, maar niet lui: hij deed alles in een afgemeten tempo. Zijn vader was een ambtenaar in Galicië die de titel van baron had gekregen, zijn moeder was Poolse. Als hij lachte, verscheen om zijn mond een brede, kinderlijke Slavische trek. Hij lachte zelden. Hij was zwijgzaam en oplettend.

Zij leefden vanaf het eerste ogenblik samen, zoals eeneiige tweelingen in de moederschoot. Daartoe hoefden zij geen 'vriendschap te sluiten', zoals jongelui van hun leeftijd plegen te doen, met lachwekkende plechtige ceremonies, gewichtigdoenerij en passie waarmee begeerte zich bij de mensen manifesteert, in een onbewuste en verwrongen vorm, waarbij iemand eerst het lichaam en de ziel van een ander aan de wereld wil ontnemen, opdat hij van hem zou zijn, van hem alleen. Dit is de betekenis van liefde en vriendschap. Hun vriendschap was ernstig en had weinig woorden nodig, zoals alle grote gevoelens, die voor het hele leven gelden. En zoals alle grote gevoelens, bevatte ook dit schaamtegevoel en schuldbewustheid. Men kan niet straffeloos een mens aan de anderen ontnemen.

Maar ze wisten ook, vanaf het eerste ogenblik, dat deze ontmoeting een verplichting voor het leven betekende. De Hongaarse jongen was rank en fragiel, en werd in die tijd wekelijks door de dokter onderzocht: men maakte zich zorgen om zijn longen. Op verzoek van het hoofd van het instituut, een Moravische kolonel, kwam de gardist naar Wenen en sprak lang met de artsen. De jongen is niet echt ziek, zeiden ze, maar hij is gepredisponeerd voor ziekte. Men sprak over 'gevaar' in het algemeen. De gardist logeerde in de schaduw van de Stephansdom in een herberg genaamd De Hongaarse Koning, waar zijn grootvader ook al overnachtte. In de gang hingen hertengeweien. De bediende groette de gardist met 'Küß die Hand'. Hij bewoonde hier twee kamers, twee donkere, gewelfde kamers die volgepropt waren met meubels met gele zijden bekleding. Hij nam het kind bij zich voor deze dagen, ze woonden samen in het hotel, waar men boven elke deur de namen van dierbare vaste gasten kon lezen, alsof dit gebouw een soort seculier klooster was voor de eenzame heren van de monarchie. 's Ochtends namen zij een rijtuig en reden naar het Prater. Het was reeds koel, men schreef begin november. 's Avonds gingen ze naar het theater, op het toneel stonden helden breed te gebaren, ze reutelden en stortten zich in hun zwaard. Daarna gingen vader en zoon eten in een restaurant, in een aparte kamer, waar heel veel obers bedienden. Het kind leefde zwijgend en met een ouwelijke hoffelijkheid naast zijn vader, alsof hij iets tolereerde en vergaf.

'Ze hebben het over gevaar,' zei de vader, meer tegen zichzelf, na de maaltijd, en hij stak een dikke zwarte sigaar op. 'Als je wilt, kun je mee naar huis komen. Maar ik zou willen dat je voor geen enkel gevaar bang was.'

'Ik ben niet bang, papa,' zei het kind. 'Maar laat Konrád altijd bij ons blijven. Zij zijn arm. Ik zou graag willen dat hij in de zomer bij ons kon komen.'

'Is hij je vriend?' vroeg de vader.

'Ja.'

'Dan is hij ook mijn vriend,' zei hij ernstig.

Hij droeg een rokkostuum, een hemd met ruches, de laatste tijd trok hij nooit meer zijn uniform aan. De zoon zweeg opgelucht. Op het woord van de vader kon men vertrouwen. Waar ze ook kwamen in Wenen, overal kende men hem, in de winkels – de handschoenmaker, de hemdenmaker, de kleermaker – en in de restaurants, waar plechtstatige obers het bevel voerden over de tafels, en ook op straat, waar mannen en vrouwen uit rijtuigen hem blij toezwaaiden.

'Ga je naar de keizer?' vroeg het kind op een dag, voor het vertrek van de vader.

'Koning,' zei de vader streng, op terechtwijzende toon.

Daarna zei hij: 'Ik ga niet meer naar hem toe.'

De zoon begreep dat er iets tussen hen voorgevallen was. Op de dag van het vertrek stelde hij Konrád aan zijn vader voor. De avond tevoren sliep hij met een kloppend hart in: het was allemaal als een verloving. 'Je mag in zijn bijzijn niet over de koning praten,' maande hij zijn vriend. Maar de vader was genereus, hartelijk, op en top een heer. Met één enkele handdruk nam hij Konrád op in de familie.

Vanaf deze dag hoestte het kind minder. Hij was niet meer alleen. Hij kon het niet verdragen om alleen te zijn onder de mensen.

De opvoeding die hij in zijn bloed had meegenomen van thuis, uit het woud en uit Parijs, uit de zenuwen van zijn moeder, schreef voor dat men nooit mocht praten over wat pijn deed; men moest het zwijgend verdragen. Het verstandigst was om helemaal niet te praten, zo had hij geleerd. Maar zonder liefde kon hij ook niet leven, ook dit had hij als erfenis meegekregen. Misschien was het de Franse vrouw, die het verlangen om gevoelens te delen in de familie had gebracht. In de familie van de vader werd over zulke dingen niet gesproken. Hij had iemand nodig om van te houden, Nini of Konrád, dan had hij geen koorts en hoestte hij niet: zijn bleke, magere jongensgezicht vulde zich met rozenkleurig enthousiasme en vertrouwen. Ze waren op een leeftijd dat jongens nog geen duidelijke sekse hebben: alsof ze nog geen besluit hebben genomen. Zijn zachte, blonde haar, waar hij een hekel aan had omdat hij het meisjesachtig vond, werd om de week afgeschoren door de kapper. Konrád was mannelijker, rustiger. Nu ontsloot zich de kindertijd voor hen en ze waren niet meer bang voor dit tijdperk, want ze waren niet alleen.

Aan het eind van de eerste zomer, toen de jongens in het rijtuig stapten om terug te reizen naar Wenen, stond de Franse moeder bij de ingang van het kasteel te kijken naar de vertrekkende jongens. Ze glimlachte en zei tegen Nini: 'Eindelijk een goed huwelijk.'

Maar Nini glimlachte niet. De jongens kwamen elke zomer samen naar het kasteel, later brachten ze er ook de kerst samen door. Ze deelden alles, hun kleren, hun ondergoed, in het kasteel was een kamer ingericht voor hen samen, ze lazen tegelijk hetzelfde boek, ze ontdekten samen Wenen en het bos, boeken en de jacht, paardrijden en de soldatendeugden, het gezelschapsleven en de liefde. Nini was bang, misschien was ze ook een beetje jaloers. Deze vriendschap duurde al vier jaar, de jongens begonnen de wereld te mijden, ze hadden geheimen. De relatie werd steeds dieper, steeds krampachtiger. De generaal pronkte met Konrád, het liefst had hij hem aan iedereen laten zien, als een kunstwerk, en tegelijkertijd schermde hij hem voor iedereen af uit angst beroofd te worden van degene van wie hij hield.

'Het is te veel,' zei Nini tegen zijn moeder. 'Op een dag zal hij bij hem weggaan. Dan zal hij zwaar lijden.'

'Dat is de taak van de mens,' zei de moeder en ze zat voor haar spiegel te staren naar haar verwelkende schoonheid. 'Op een dag moeten wij degene verliezen van wie we houden. Wie dat niet verdraagt, moet maar bezwijken, want hij is geen heel mens.'

Op het instituut werd niet lang gespot met deze vriendschap; de anderen raakten eraan gewend als aan een natuurverschijnsel. Ze werden in één adem genoemd, als een getrouwd stel. Maar deze relatie werd niet bespot. Er was iets in hun contact, tederheid, ernst, onvoorwaardelijkheid, iets noodlottigs, en deze uitstraling ontwapende zelfs de spotlust. Zulke relaties voelt men aan binnen elke menselijke gemeenschap. Er is niets waar mensen zozeer naar verlangen als naar onbaatzuchtige vriendschap. Daarnaar hebben ze een hopeloos verlangen. Op het instituut vluchtten de jongens in de hoogmoed van de afkomst, of in de studie, of in vroege slemppartijen, in lichamelijke bravoure of voortijdige, verwarde en pijnlijke liefdes. De vriendschap tussen Henrik en Konrád lichtte op in deze menselijke chaos als de vlam van de zachte ceremonie van een middeleeuwse gelofte. Niets is zo zeldzaam tussen jongemannen als een aantrekking die onbaatzuchtig is en hulp noch opoffering van de ander wil. De jeugd hoopt altijd op een offer van degene op wie zij haar hoop overdraagt. De twee jongens voelden dat ze leefden in een naamloze, wonderlijke toestand van gratie.

Niets is zo teder als deze relatie. Alles wat het leven later geeft, de subtiele verlangens of rauwe lusten, de sterke gevoelens, de noodlottige banden van passie, alles is grover, onmenselijker. Konrád was ernstig en kuis, als alle echte mannen, ook toen hij tien jaar oud was. Toen de jongens in de puberteit kwamen en zich met vunzigheden gingen inlaten, met droevige branie trachtend de geheimen van het leven van de volwassenen te ontrafelen, liet Konrád Henrik zweren dat ze in kuisheid zouden leven. Aan deze eed hielden ze zich lange tijd. Het was niet gemakkelijk. Ze gingen om de week biechten en stelden samen de lijst van hun zonden op. De begeerten manifesteerden zich in het bloed, in de zenuwen, de jongens waren bleek en duizelig bij de wisselingen van de seizoenen. Maar ze leefden in kuisheid, alsof ze door de vriendschap die als een tovermantel hun jonge leven bedekte, gecompenseerd werden voor de toestand die de anderen, de nieuwsgierigen en de rustelozen, met koortsrillingen plaagde en naar de duistere zelfkant van het leven dreef.

Hun leven was doordrongen van een discipline die voorgeschreven werd door de praktijk en de ervaring van eeuwen. Elke morgen schermden ze een uur lang in de gymnastiekzaal van het instituut met een schermbroek en een helm, met ontbloot bovenlijf. Daarna reden ze paard. Henrik was een goede ruiter. Konrád vocht op het paard wanhopig voor evenwicht en zekerheid, zijn lichaam miste de herinnering aan overgeërfde vaardigheid. Henrik leerde snel, Konrád moeizaam, maar wat hij had geleerd, hield hij in een bezitterige, krampachtige greep vast, als iemand die weet dat dit alles is wat hij heeft in de wereld. Henrik bewoog zich ook gemakkelijk in gezelschap, achteloos en uit de hoogte, als iemand die niet meer voor verrassingen kan komen te staan in de wereld; Konrád was stijf en hield zich strikt aan de regels. Een zomer bezochten zij de familie van Konrád in Galicië. Toen waren ze al jonge officieren. De baron – een kale, nederige oude man, versleten door veertig jaar dienst in Galicië en de onbevredigde maatschappelijke ambitie van een adellijke Poolse – spande zich met gênante dienstbaarheid in om de jonge heren te amuseren. De stad was benauwend met haar oude torens, de put midden op het vierkante centrale plein, en de donkere, gewelfde kamers. En de mensen in de stad, Oekraïners, Duitsers, Joden, Russen, leefden in een van overheidswege gedempt rumoer, alsof in de stad, in de halfduistere en slecht geluchte woningen een voortdurend gistingsproces aan de gang was: een revolutie of slechts een of andere meelijwekkende, babbelzieke ontevredenheid, of nog niet eens: het was de broeierige spanning en afwachtende sfeer van een karavanserai, waarvan de stad, de huizen, de pleinen en het hele leven doordrongen waren. Alleen de kathedraal stak kalm af bij deze blèrende, krijsende, fluisterende chaos, met haar stevige torens en brede gewelven, alsof er ooit iemand in de stad een wet had afgekondigd met alle consequenties van dien, iets definitiefs en onveranderbaars. De jongens logeerden in een hotel, want de woning van de baron bestond uit drie kleine kamertjes. De eerste avond, na het copieuze diner, de vette vleesgerechten en de geurige, zware wijnen – die de oude ambtenaar, de vader van Konrád, en de verlepte, paars en rood als een kaketoe opgedirkte, trieste Poolse vrouw, de moeder, met een ontroerende, treurige opwinding lieten opdienen in de armoedige woning, alsof het geluk van hun zelden thuiskomende zoon van de kwaliteit van de gerechten afhing – zaten de jonge officieren voor het slapengaan nog lang in een donkere, met stoffige palmbomen versierde hoek van het restaurant van de Galicische herberg. Ze dronken zware Hongaarse tokajwijn, rookten en zwegen.

'Nu heb je hen gezien,' zei Konrád.

'Ja,' zei de zoon van de gardist.

'Dan weet je het,' sprak de ander zacht en ernstig. 'Verbeeld je wat hier voor mij gebeurt, al tweeëntwintig jaar.'

'Ik weet het,' zei de generaal en zijn keel werd dichtgeknepen.

'Elk paar handschoenen,' zei Konrád, 'dat ik moet kopen als we met z'n allen naar het Burchttheater gaan, komt hier vandaan. Als ik nieuw paardentuig moet hebben, eten zij drie maanden lang geen vlees. Als ik een fooi geef op een soiree, rookt mijn vader een week lang geen sigaren. En dat gaat al tweeëntwintig jaar zo. En alles was er altijd. Ergens ver weg, in Polen, vlak bij de Russische grens, is een landhuis. Ik heb het nooit gezien. Het was van mijn moeder. Van dit landhuis kwam alles: het uniform, het schoolgeld, het geld voor de theaterkaartjes, het boeket dat ik jouw moeder stuurde toen ze op doorreis was in Wenen, de examengelden, de kosten van het duel toen ik moest vechten met die Beier. Al tweeëntwintig jaar, alles. Eerst verkochten ze de meubels, daarna de tuin, het land, het huis. Daarna hun gezondheid, hun comfort, hun rust, hun oude dag, de maatschappelijke ambities van mijn moeder, om één kamer meer te hebben in deze armzalige rotstad en in die kamer fatsoenlijke meubelen te hebben staan en af en toe gasten te kunnen ontvangen. Begrijp je?'

‘Neem me niet kwalijk,’ zei de generaal opgewonden en lijkbleek.

‘Ik neem het je niet kwalijk,’ sprak de vriend zeer ernstig. ‘Ik wilde alleen dat je het wist, dat je het een keer gezien had. Toen die Beier met getrokken zwaard op me afkwam en als een waanzinnige op me insloeg, heel vrolijk, alsof het een uitstekende grap was om elkaar uit ijdelheid tot kreupele te hakken, moest ik denken aan het gezicht van mijn moeder, die elke ochtend naar de markt gaat opdat de kokkin haar niet voor twee hellers oplicht, want steeds twee hellers zijn aan het eind van het jaar twee florijnen die ze me per brief kan sturen... En toen was ik inderdaad in staat om die Beier te vermoorden, die uit ijdelheid mij had willen verwonden, zonder te weten dat hij met elke schram die hij maakte, een doodzonde beging tegen twee mensen die in Galicië in stilte hun leven voor me hadden opgeofferd. Wanneer ik bij jullie thuis de bediende een fooi geef, maak ik een stukje van hun leven op. Het is heel moeilijk om zo te leven,’ zei hij en hij werd rood.

‘Waarom?’ vroeg de ander zacht. ‘Denk je niet dat ze dit allemaal heel prettig vinden?’

‘Zij misschien wel.’ De jongen zweeg. Hij had hier nog nooit over gepraat. Nu sprak hij het uit, hakkelend, zonder zijn vriend in de ogen te kijken. ‘Maar voor mij is het heel moeilijk om zo te leven. Alsof ik niet van mezelf ben. Als ik ziek ben, schrik ik, alsof ik vreemd bezit verkwist, iets wat niet helemaal van mij is, mijn gezondheid. Ik ben soldaat, ik ben opgeleid om te doden en me te laten doden. Ik heb hierop de eed afgelegd. Maar waarvoor hebben zij dit allemaal verdragen als ik gedood word? Begrijp je het nu? Ze wonen tweeëntwintig jaar in deze stad, waar alles zo muf ruikt als in een onfris huis waar rondtrekkende karavanen hebben overnacht... etenslucht en goedkope geurtjes en niet geluchte bedden. Hier leven zij, zonder te klagen. Mijn vader is tweeëntwintig jaar niet meer in Wenen geweest, waar hij geboren en getogen is. In tweeëntwintig jaar nooit een reisje, nooit een overbodig kledingstuk, nooit een zomers uitstapje, omdat van mij een meesterwerk gemaakt moest worden, dat wat zij hadden willen zijn als ze er niet te zwak voor waren geweest. Soms, wanneer ik wil handelen, blijft mijn hand stilstaan in de lucht. Altijd die verantwoordelijkheid. Ik heb ze weleens dood gewenst,' zei hij heel zacht.

'Ja,' zei de generaal.

Ze bleven vier dagen in de stad. Toen ze weggingen, hadden ze het gevoel dat er iets tussen hen gebeurd was. Alsof de een de ander iets verschuldigd was. Dit was niet met woorden te zeggen.

6

Maar Konrád had een toevlucht, waarnaar zijn vriend hem niet kon volgen: de muziek. Alsof hij een geheime schuilplaats had, waar de hand van de wereld hem niet kon bereiken. Henrik had geen muzikaal gehoor, hij had genoeg aan zigeunermuziek en Weense walsen.

Over muziek werd op het instituut niet gesproken; begeleiders en pupillen duldden en vergaven deze liefhebberij als een jeugdige gril. Iedereen heeft zijn zwakheid. De een fokt honden, tegen elke prijs, de ander rijdt paard. Beter dan kaarten, dacht men. Minder gevaarlijk dan vrouwen, dacht men.

Maar de generaal vermoedde soms al dat muziek niet eens zo'n ongevaarlijke passie was. Op het instituut werd deze rebellie uiteraard niet gedoogd, de muiterij van de muziek. Bij de opvoeding hoorde ook kennis van het begrip muziek, maar meer in algemene zin. Over muziek wisten zij slechts dat er koperen hoorns voor nodig waren en dat de tamboer-majoor vooropliep en zijn zilveren stok af en toe omhoogstak. Achter de muzikanten trok een kleine pony de trom. Deze muziek was luid en regelmatig, disciplineerde de passen van de formatie, lokte de burgerbevolking de straat op en vormde een onmisbaar attribuut van elke parade. De passen waren nu eenmaal strakker als er muziek klonk, dat was alles. De muziek was soms grappig, soms bombastisch en plechtig. Verder had niemand er aandacht voor.

Konrád werd elke keer bleek als hij muziek hoorde. Alle muziek, zelfs de meest ordinaire, beroerde hem van zeer nabij, als een fysieke aanslag. Hij werd bleek, zijn mond trilde. De muziek zei hem iets wat de anderen niet konden begrijpen. Waarschijnlijk spraken de melodieën niet zijn verstand aan. De discipline waarin hij leefde, waarin hij was opgevoed, die de prijs vormde voor zijn status in de wereld en die hij vrijwillig in acht nam als een gelovige de straf en de boetedoening, verslapte in zulke ogenblikken, alsof de verkrampte, stijve houding in zijn lichaam losliet, zoals wanneer na een lange parade het commando 'rust' wordt gegeven. Maar zijn mond begon te trillen, alsof hij iets wilde zeggen. Dan vergat hij waar hij was, zijn ogen lachten, hij keek in de lucht, hij zag zijn omgeving niet, noch zijn superieuren, zijn kameraden, de mooie dames, het theaterpubliek. Hij hoorde de muziek met zijn hele lichaam, met de dorst van een veroordeelde die in zijn gevangeniscel luistert naar het geluid van verre voetstappen, die misschien de boodschap van de redding brengen. Hij hoorde het niet als hij aangesproken werd. Muziek ontbond de wereld om hem heen, veranderde voor enkele ogenblikken de wetten van kunstmatige conventies: in zulke ogenblikken was Konrád geen militair. Een zomer, toen Konrád op een avond in het kasteel quatre-mains speelde met de moeder van de generaal, gebeurde er iets. Ze zaten in de grote zaal, voor het diner, de gardist en zijn zoon luisterden naar de muziek in een hoek van de zaal, met hoffelijke bereidwilligheid en geduld, alsof ze wilden zeggen: 'Het leven is een plicht, ook muziek moet men verdragen. Men hoort dames niet tegen te spreken.' De moeder speelde vol hartstocht: ze speelden de Polonaise-Fantasie van Chopin. Het was alsof alles in de kamer bewoog. Ook vader en zoon voelden in de hoek van de zaal, beleefd en geduldig wachtend in hun fauteuil, dat er iets gebeurde in die twee lichamen, in het lichaam van Konrád en dat van de moeder. Alsof de rebellie van de muziek de meubels optilde en een kracht de zware zijden gordijnen liet wapperen, alsof al het geleiachtige en ranzige wat in mensenharten begraven was, begon te leven; alsof in het hart van ieder mens een dodelijk ritme verscholen lag, dat op een moment in het leven met fatale kracht begon te slaan. De beleefde toehoorders begrepen nu dat muziek gevaarlijk was. Maar zij tweeën, de moeder en Konrád, hadden geen oog meer voor dit gevaar. De Polonaise-Fantasie was niets dan een excuus voor het losbreken van krachten in de wereld die alles in beweging zetten en tot explosie brengen wat de menselijke orde zo zorgvuldig probeert te verbergen. Ze zaten met verstard lichaam voor de piano, rechtop, met gespannen bovenlijf en enigszins achteroverhellend, alsof de muziek een span onzichtbare, mythologische paarden in vliegende vaart voortdreef in een storm over de wereld, terwijl zij tweeën met strak gespannen lichaam en harde hand de teugels van de losgeslagen krachten vasthielden. Daarna was het ineens, met één aangeslagen akkoord, afgelopen. Een straal van de avondzon viel door de vleugelramen, in de lichtbundel dwarrelde gouden stof, alsof na het wegstormen van het span sprookjespaarden het stof opsteeg op de hemelse weg die naar het niets en de ondergang leidt.

'Chopin,' zei de Franse vrouw en ze ademde zwaar. 'Zijn vader was een Fransman.'

'Zijn moeder was een Poolse,' zei Konrád en hij keek met afgewend hoofd uit het raam. 'Hij was familie van mijn moeder,' zei hij terloops, alsof hij zich schaamde voor deze relatie.

Iedereen keek op, want in zijn stem klonk een droefheid zoals in de toon van ballingen die over heimwee en over thuis praten. De gardist staarde zeer aandachtig naar de vriend van zijn zoon, alsof hij hem voor het eerst zag. 's Avonds, toen hij met zijn zoon alleen bleef in de rookkamer, zei hij tegen hem: 'Konrád wordt nooit een echte soldaat.'

'Waarom?' vroeg de zoon geschrokken.

Maar hij wist dat de vader gelijk had. De gardist haalde zijn schouders op. Hij zat met gestrekte benen voor de haard een sigaar te roken en keek naar de rook. Met de bedaarde superioriteit van een expert zei hij: 'Omdat hij anders is.'

De vader was allang niet meer in leven, het was vele jaren later, toen de generaal deze zin begreep.

7

We kennen haar altijd, die andere waarheid, die toegedekt wordt door een rol, door maskers, door situaties in het leven. De twee jongens groeiden samen op, legden samen de eed af, woonden samen tijdens hun Weense jaren, want de gardist zorgde ervoor dat zijn zoon en Konrád hun eerste dienstjaren in de nabijheid van het hof konden doorbrengen. Ze huurden een appartement vlak bij de tuin van Schönbrunn, op de eerste etage van een smal huis met een grijze gevel. De ramen van de woning keken uit op een benauwde, smalle, lange tuin vol pruimenbomen. Ze hadden er drie kamers, ze woonden bij de dove weduwe van een regimentsarts. Konrád huurde een piano, maar speelde zelden, alsof hij bang was voor de muziek. Ze woonden hier als broers, en de generaal had soms het verontrustende gevoel dat zijn vriend een geheim had.

Konrád was ‘anders’, en zijn geheim kon niet met vragen benaderd worden. Hij was altijd rustig. Hij ging nooit in discussie. Hij leefde, vervulde zijn plicht, ging met zijn kameraden om en verkeerde in de wereld en in gezelschap alsof de militaire dienst geen einde kende, alsof het leven één grote plichtpleging, één lange diensttijd was, niet alleen de dagen maar ook de nachten. Ze waren jonge officieren en de zoon van de gardist merkte soms tot zijn ongerustheid dat Konrád leefde als een kloosterling. Het was alsof hij niet in de wereld leefde, alsof na afloop van de officiële diensturen de andere dienst voor hem begon, die ingewikkelder en verantwoordelijker was, zoals voor een jonge monnik niet alleen de uren van gebeden en vrome liturgieën diensttijd zijn, maar ook de tijd van afzondering en contemplatie, ja zelfs van dromen. Hij was bang voor de muziek, waarmee hij een geheime band had, niet alleen via zijn bewustzijn, maar ook in zijn lichaam: alsof de diepere betekenis van de muziek een soort noodlottig bevel was dat hem uit zijn koers zou brengen en iets in hem zou breken. 's Morgens gingen zij samen paardrijden in het Prater of op de rijschool, daarna vervulde Konrád zijn dienst-taken en ging naar huis, naar de woning in Hietzing, en soms gingen weken voorbij zonder dat hij 's avonds de deur uit ging. Het oude huis werd nog verlicht met petroleum en kaarsen; de zoon van de gardist kwam bijna elke nacht na twaalven thuis van een bal of partijtje, en zag al vanaf de straat vanuit het huurrijtuig het schuchtere, verwijtende schijnsel van het zwak flakkerende licht. Er was iets beschuldigends in het signaal van het verlichte raam. De zoon van de gardist overhandigde een muntstuk aan de koetsier, bleef staan op de stille straat voor de oude poort, trok zijn handschoenen uit, zocht de sleutel en had het gevoel dat hij ook deze avond de vriend een beetje verraden had. Hij kwam uit de wereld, waar zachte muziek gespeeld werd, in de restaurants en balzalen, in de salons van de binnenstad, maar op een andere wijze dan waar de vriend van hield. Er werd muziek gemaakt opdat het leven aangenamer en feestelijker zou zijn, opdat de ogen van de vrouwen zouden schitteren en de ijdelheid van de mannen zou vonken. Daarom werd er muziek gemaakt in de stad, op de plaatsen waar de zoon van de gardist de nachten van zijn jonge jaren doorbracht. De muziek waar Konrád van hield, wilde geen vergetelheid bieden, maar beroerde de passie in de mensen en het schuldbesef, opdat het leven in het hart en het bewustzijn van de mensen echter zou zijn. Zulke muziek is beangstigend, dacht hij, en hij begon zachtjes en koppig een wals te fluiten. In Wenen werden dat jaar overal de walsen gefloten van een modieuze componist, de jonge Strauss. Hij haalde de sleutel tevoorschijn, opende de honderden jaren oude poort, die traag en met moeite openging, liep door de schemerige, diepe hal van het bedompte trappenhuis, dat met olielampen werd verlicht, bleef een ogenblik staan om te kijken naar de tuin, die wit voor hem lag in het besneeuwde maanlicht, alsof zijn plaats met krijt was uitgetekend tussen de zwarte contouren van de voorwerpen en de verschijnselen. Alles was vredig. Wenen sliep. De stad was diep in slaap en het sneeuwde. De keizer sliep ook in de Burg, en vijftig miljoen mensen in de landen van de keizer sliepen ook. De zoon van de gardist voelde dat ook hij bij deze stilte betrokken was, dat ook hij waakte over de slaap en de veiligheid van de keizer en vijftig miljoen mensen, zelfs wanneer hij niets anders deed dan op eerzame wijze zijn uniform te dragen, 's avonds uit te gaan, naar walsen te luisteren, Franse rode wijn te drinken en met de dames en heren exact die gesprekken te voeren die zij van hem verwachtten. De zoon van de gardist voelde dat hij gehoorzaamde aan zeer sterke, geschreven en ongeschreven wetten, en dat deze gehoorzaamheid evenzeer een dienst was in de kazerne of op het oefenterrein als in een salon. Op dit gevoel was de veiligheid van vijftig miljoen mensen gebouwd: dat de keizer voor middernacht naar bed ging en om vijf uur opstond om bij kaarslicht in zijn Amerikaanse gevlochten rieten stoel aan zijn bureau te zitten, en dat de anderen, die een eed op zijn naam hadden gezworen, allen de gewoonten en de wetten gehoorzaamden. De gehoorzaamheid ging natuurlijk dieper dan het vervullen van de voorschriften van de wetten. De mensen droegen de gehoorzaamheid in hun hart, dat was het belangrijkste. Men moest geloven dat alles op zijn plaats was. Ze waren dat jaar tweeëntwintig, de zoon van de gardist en de vriend.

Ze woonden in Wenen, ze waren jonge officieren. De zoon van de gardist liep de vermolmde trappen op en floot zachtjes de melodie van een wals. Alles rook een beetje muf in dit huis, de kamers, het trappenhuis, maar ook geurig, alsof in de kamers de zoete strooplucht van inmaakpotten hing. Die winter barstte in Wenen het carnaval los als een lichte, vrolijke epidemie. Er werd elke avond gedanst bij de zwevend vlinderende lichten van de gaslampen in de gouden en witte zalen.

Er viel veel sneeuw en de koetsiers vervoerden de verliefde stellen geluidloos door de sneeuw. Wenen danste in de sneeuw, de zoon van de gardist ging elke ochtend naar de oude rijschool om te kijken naar het oefenen van de Spaanse ruiters en de witte lippizaners. Er leefde iets in de lichamen van deze dieren en de ruiters, iets van chic en adel, een soort schuldbewuste gratie en ritmegevoel, zoals in het bewustzijn van elke oude ziel en elk edel lichaam. Daarna ging hij wandelen, want hij was jong. Hij bleef staan voor de winkels van de binnenstad, waar de mannen in groepjes naar de vrouwen stonden te kijken, en hij werd herkend door de oude fiacrekoetsiers en obers, omdat hij op zijn vader leek. Het was één grote familie, Wenen, het Rijk, de Hongaren, Duitsers, Moraviërs, Tsjechen, Serviërs, Kroaten en Italianen, en binnen deze grote familie voelde iedereen heimelijk dat de orde in deze avontuurlijke verlangens, neigingen en driften alleen gehandhaafd kon worden door de keizer, die tegelijk beroepssergeant en majesteit was, ambtenaar in lustre pak en grand seigneur, kinkel en vorst. Wenen was vrolijk. In de bedompte, gewelfde kroegen van de binnenstad werd het beste bier ter wereld geschonken, en tegen de tijd dat de klok twaalf sloeg, was de stad vol van de geur van rundergoulash, die op straat en in de harten gemoedelijkheid en vriendelijkheid verspreidde, alsof de vrede van het leven eeuwigdurend was. De vrouwen droegen zwarte bontmoffen en gevederde hoeden, hun neuzen en ogen glinsterden achter de voiles die hun gezichten tegen de sneeuw beschermden. Om vier uur 's middags werden in de koffiehuizen de gaslampen aangestoken en werd de koffie met slagroom geserveerd, de vrouwen zaten met een rood gezicht diep weggedoken in huurrijtuigen, terwijl ze onderweg waren naar met houtkachels verwarmde vrijgezellenwoningen, want het was carnaval, de liefde rebelleerde en speelde voor koppelaarster in de stad, alsof de harten van de mensen werden opgehitst en rusteloos gemaakt door agenten van een enorme samenzwering, die elke maatschappelijke klasse omvatte. Een uur voor de opening van de schouwburg kwamen in de kelder van het paleis van hertog Esterházy in de binnenstad de liefhebbers van vurige wijnen bijeen voor een geheime ontmoeting, bij Sacher werd de tafel in de gelagkamer gedekt voor de aartshertogen; de Poolse heren dronken opgewonden en bedroefd de sterke brandewijnen in de rokerige en bedompte zalen van de abdijkelder naast de Stephansdom, omdat Polen niet gelukkig was. Maar er waren deze winter in Wenen overigens ook uren waarin iedereen kortstondig gelukkig leek. Daaraan dacht de zoon van de gardist, hij floot zachtjes en glimlachte. In de vestibule beroerde de warmte van de potkachel hem als een handdruk van een familielid. Alles was zo breed in deze stad, en alles en iedereen was er zo op zijn plaats: de aartshertogen waren ook een beetje kinkels, en de huismeesters beleefden in het geheim ook plezier aan de rangorde waarin zij een plaats hadden. Deze was eindeloos en menselijk. De oppasser sprong op bij de kachel, nam de jas, de sjako en de handschoenen van zijn heer en tilde met één hand de Franse rode wijn van de warme plaat van de witte tegelkachel, waarvan zijn heer elke avond voor het slapengaan een glaasje dronk, alsof hij met de zwaar-wijze boodschap van de stevige bourgogne afscheid wilde nemen van de lichte herinneringen van de dag en de avond. Ook nu bracht de oppasser hem de fles op een zilveren blad achterna naar de kamer van Konrád.

Soms zaten ze zo tot 's morgens vroeg te praten in de halfduistere kamer, totdat de kachel afgekoeld was en de zoon van de gardist de fles bourgogne tot de laatste slok had leeggemaakt. Konrád vertelde van de boeken die hij gelezen had, de zoon van de gardist vertelde over het leven. Konrád had geen geld voor het leven; de militaire dienst was voor hem een beroep, verzwaard met de last van een uniform, een rang en allerlei subtiele en ingewikkelde consequenties. De zoon van de gardist voelde dat hun vriendschap en bondgenootschap, gecompliceerd en breekbaar als alle noodlottige menselijke relaties, gered moest worden van het geld, en gevrijwaard van zelfs maar een zweem van onkiesheid. Dit was niet gemakkelijk. Ze praatten hierover als broers. De zoon van de gardist smeekte Konrád zacht om te delen in zijn rijkdom, waarmee hij eigenlijk niets wist te beginnen. Konrád legde uit dat hij niets van hem kon aannemen. En ze wisten allebei dat dit de waarheid was: de zoon van de gardist kon Konrád geen geld geven, hij moest verdragen dat hij in de wereld verkeerde en het leven leidde dat bij zijn naam en rang paste, terwijl Konrád in het huis in Hietzing vijf avonden van de week omelet at en persoonlijk het ondergoed telde dat van de wasvrouw terugkwam. Maar dit was niet belangrijk. Beangstigender was de wetenschap dat deze vriendschap voorbij het geld gered moest worden voor het leven. Konrád werd snel oud. Op vijfentwintigjarige leeftijd droeg hij reeds een bril bij het lezen. En als de vriend 's nachts thuiskwam uit Wenen en de wereld, met de geur van rook en eau de cologne om zich heen, een beetje bezweet, tegelijk een puber en een man van de wereld, praatten ze zachtjes, lange tijd, alsof ze een geheim plan hadden, alsof Konrád een tovenaar was, die thuis zat na te denken over de zin van mensen en verschijnselen, terwijl zijn helper zich in de wereld begaf en geheime informatie over het menselijk leven verzamelde. Konrád las het liefst Engelse boeken, over de geschiedenis van de menselijke samenleving, over de maatschappelijke ontwikkeling. De zoon van de gardist las graag over paarden en reizen. Omdat ze van elkaar hielden, vergaven ze elkaar de erfzonde: Konrád vergaf zijn vriend de rijkdom, de zoon van de gardist vergaf Konrád de armoede.

Dit 'anders-zijn', waar de vader over sprak toen Konrád en de gravin de Polonaise-Fantasie speelden, gaf Konrád macht over de ziel van de vriend.

Wat was de betekenis van deze macht? Iedere vorm van menselijke macht bevat een zweem van nauwelijks voelbare minachting voor degenen over wie men heerst. Om de totale heerschappij te hebben over menselijke zielen moeten we ze leren kennen, ze begrijpen en tactvolle minachting hebben voor degenen die genoodzaakt zijn zich over te geven. Deze nachtelijke gesprekken in het huis te Hietzing kregen na verloop van tijd de toon, aangeslagen en teruggekaatst, van een dialoog tussen leraar en leerling. Zoals ieder mens die door innerlijke neiging en door omstandigheden vroegtijdig tot eenzaamheid wordt gedwongen, sprak Konrád met dezelfde milde ironie, lichte minachting en tegelijk machteloze belangstelling over de wereld, alsof alles wat aan de andere kant waargenomen kon worden, slechts kinderen of nog minder goed ingelichte wezens kon interesseren. Maar in zijn stem klonk toch heimwee: de jeugd voelt altijd heimwee, een eeuwig verlangen naar een bedenkelijk, onverschillig en beangstigend thuis dat wereld heet. En toen Konrád zeer vriendelijk en uit de hoogte, schertsend en terloops de spot dreef met de zoon van de gardist om alles wat hij in de wereld meemaakte, klonk in zijn stem ook het dorstig wegslikken van verlangen.

Zo leefden zij in de fonkelende lichtbreking van de jeugd, in een rol die enerzijds een beroep was en anderzijds een serieuze spanning en innerlijke houding aan het leven toevoegde. Ook vrouwenhanden klopten wel eens op de deur van de woning in Hietzing, teder, ontroerd en vrolijk. Zo klopte op een dag Veronika, de danseres, aan – bij de herinnering aan die naam wreef de generaal in zijn ogen alsof hij zojuist uit een diepe slaap was ontwaakt en verstrooid herinneringen ophaalde. Ja, Veronika. En dan Angéla, de jonge weduwe van een stafarts, die meer van paardenrennen hield dan van wat ook. Maar nee, toch maar Veronika, de danseres. Zij bewoonde de zolderkamers van een zeer oud huis in de straat die De Drie Hoefijzers heette, in een atelier dat nooit helemaal warm gestookt kon worden. Maar ze kon nergens anders leven dan hier, in een atelier, waar bij het oefenen de ruimte gehoorzaam terugweek voor haar passen en draaien. De hol klinkende ruimte was versierd met stoffige makartboeketten en schilderijen van dieren, die de vorige huurder van het atelier, een schilder uit Stiermarken, had achtergelaten ter compensatie van de achterstallige huur. Het liefst schilderde hij schapen: uit elke hoek van de grote zaal werd de bezoeker aangestaard door treurige schapen met vragende, waterig-lege dierenogen. Hier woonde Veronika, de danseres, temidden van stoffige gordijnen en oude meubels met versleten bekleding. Het trappenhuis was reeds doordrongen van de uitwaseming van haar sterke parfums, rozenolie en Franse eau de toilette. Op een zomeravond gingen zij gedrieën dineren. Dit herinnerde hij zich nu scherp, alsof hij een schilderij met een vergrootglas bekeek. Ze aten in een van de restaurants in de bossen rond Wenen. Ze reisden er per rijtuig heen, door benauwde, naar loof geurende bossen. De danseres droeg een florentijnhoed met brede rand, witte gehaakte handschoenen opgetrokken tot haar ellebogen, een getailleerde roze zijden jurk en lage schoenen van zwarte zijde. Zelfs met haar slechte smaak was zij perfect. Ze wandelde met onzekere pasjes tussen de bomen op het grindpad, alsof elke stap op aarde die naar reële doelen in het leven, bijvoorbeeld een restaurant, leidde, haar voeten onwaardig was. Zoals het niet past om op de snaren van een stradivarius drinkliederen te fiedelen, zo zuinig was zij op haar voeten, deze meesterwerken, die als enig doel de dans hadden, het ontkrachten van de wetten van de aardse zwaartekracht, het losmaken van de trieste bindingen van het lichaam. Ze gebruikten het avondmaal op de binnenplaats van een huis waarvan de muren begroeid waren met wilde druiven, bij het licht van kaarsen onder glazen stolpen. Ze dronken lichte rode wijn en de jonge vrouw lachte veel. Toen ze thuiskwamen in de maanverlichte nacht, en uit de diepte van de wagen de stad zagen, die schitterde in het witte licht, omhelsde Veronika in vervoering hen beiden. Dit was een moment van geluk, van verrukking, van bestaan. Zonder een woord te zeggen brachten ze de danseres naar huis en namen met een handkus afscheid bij de poort van het gewelfde huis in de binnenstad. Veronika. En Angéla met de paarden. En alle anderen die met bloemen in hun haar voorbijdansten in een lange reidans, linten, brieven, bloemen en handschoenen achterlatend. Deze vrouwen brachten de roes van de eerste liefdes in hun leven, alles wat verliefd zijn betekent: verlangen, jaloezie en verwarde eenzaamheid. Maar achter vrouwen, achter de rol en achter de wereld lichtte vaag een gevoel op dat sterker was dan dit alles. Dit gevoel kennen alleen mannen. Het heet vriendschap.

8

De generaal kleedde zich aan. Dat deed hij alleen: hij haalde zijn paradetenue uit de kast tevoorschijn en keek er lange tijd naar. Hij had al een tiental jaren geen uniform meer gedragen. Hij opende een lade, zocht zijn onderscheidingen en bleef even kijken naar de medailles in de met rode, groene en witte zijde beklede doosjes. Terwijl hij de bronzen, zilveren en gouden penningen in zijn hand nam en betastte, zag hij een bruggenhoofd aan de Dnjepr, een parade in Wenen, een ontvangst in de burcht van Boedapest. Hij haalde zijn schouders op. Wat heeft het leven gegeven? Plicht en ijdelheid. Verstrooid schoof hij de medailles terug in de lade als een kaartspeler die na het grote spel de bonte speelgoedbiljetten weglegt.

Hij trok een zwart pak aan, deed een witte piqué stropdas om en streek met een vochtige borstel over zijn witte stekelhaar. De laatste jaren droeg hij elke avond deze strenge uitrusting, als een geestelijke. Hij liep naar het bureau, zocht aarzelend in zijn beurs en haalde met van ouderdom trillende hand een klein sleuteltje tevoorschijn, waarmee hij een lade opende. Uit het geheime vak van de lade haalde hij verscheidene voorwerpen: een Belgisch pistool, een stapel brieven met een blauw lint eromheen en een dun bundeltje, gebonden in geel fluweel, met op het titelblad *Souvenir* in gouden letters. Hij hield het boekje, waarvan de kaft bijeengehouden werd door een blauw lint dat afgesloten was met een zegel van dezelfde kleur, lange tijd in zijn hand. Daarna onderzocht hij het pistool minutieus, met vakkundige bewegingen. Het was een ouderwetse revolver met zes kogels. Alle zes kogels zaten op hun plaats. Met een achteloze beweging wierp hij het wapen terug in de lade en haalde zijn schouders op. Het in geel fluweel gebonden boekje schoof hij in de diepe zijzak van zijn jas.

Hij liep naar het raam en opende de jaloezieën. Terwijl hij lag te slapen, was er een bui gevallen op de tuin. Tussen de bomen waaide een koude bries, de vochtige plataanbladeren glommen vettig. Het schemerde al. Hij stond roerloos bij het raam met zijn armen gevouwen voor zijn borst. Hij keek naar het landschap, het dal, het bos, de gele weg in de diepte, de contouren van de stad. Zijn ogen, die gewend waren aan afstand, herkenden het voorthobbelende rijtuig op de weg. De gast was reeds onderweg naar het kasteel.

Met een uitdrukkingsloos gezicht stond hij roerloos te kijken naar het doel dat zich vlug voortbewoog. Hij had één oog gesloten, als een jager die zijn wapen richt.

9

Het was al na zevenen toen de generaal zijn kamer verliet. Steunend op zijn wandelstok met ivoren handvat liep hij langzaam met gelijkmatige passen over de lange gang die deze vleugel van het kasteel, de woonvertrekken, verbond met de conversatiezaal, de muziekkamer en de salons. De muren van de gang waren bedekt met oude schilderijen: met vergulde lijsten omrande portretten van voorouders, betovergrootvaders en -moeders, kennissen, personeel van vroeger, regimentsgenoten en beroemde mensen die ooit in het kasteel te gast waren geweest. In de familie van de generaal was het traditie om een huisschilder in het kasteel te hebben: rondtrekkende portretschilders op doorreis, maar ook beroemde kunstenaars als S. uit Praag, die ten tijde van de generaals grootvader acht jaar hier doorbracht en iedereen schilderde die voor zijn penseel kwam, ook de majordomus en befaamde paarden. De betovergrootvaders en -moeders waren ten prooi gevallen aan het penseel van rondzwervende gelegenheidsartiesten: ze keken met glazige ogen uit de hoogte omlaag, in staatsiekleren. Daarna volgden enkele rustige, ernstige mannengezichten, tijdgenoten van de gardist, mannen met een typisch Hongaarse snor, hun haar in krullen op hun voorhoofd gekamd, in zwarte feestkleren of militair paradetenue. Het was een goede generatie, dacht de generaal terwijl hij naar de portretten van de verwanten, vrienden en regimentgenoten van zijn vader keek. Het was een goede generatie, een wat eenzame soort, ze konden zich niet op gelukkige wijze mengen met de wereld, ze waren trots, maar ze geloofden in iets: in eer, in mannelijke deugden, in zwijgen, in eenzaamheid en in het gegeven woord; ze geloofden ook in vrouwen. En als ze teleurgesteld werden, zwegen ze. De meesten zwegen een leven lang, gaven zich over aan plicht en zwijgen alsof ze een gelofte hadden afgelegd. Aan het einde van de gang hingen de schilderijen uit Frankrijk, oude Franse dames met gepoederde hoofdtooien, portretten van gezette vreemde heren met sensuele lippen en met pruiken, de verre familie van de moeder, vaag oplichtende mensengezichten tegen blauwe, roze en duifgrijze achtergronden. Vreemden. Dan een schilderij van de vader in zijn gardistenuniform. En een portret van de moeder met een gevederde hoed op en een rijzweep in haar hand, als een kunstrijdster in een circus. Daarna volgde een lege plek van een vierkante meter op de muur tussen de portretten. De witte ondergrond was omrand door een lichtgrijze streep, die aangaf dat hier ook ooit een schilderij had gehangen. De generaal liep met onbewogen gezicht voorbij het lege vierkant. Hierna kwamen de landschappen.

Aan het eind van de gang stond de min in een zwarte jurk en met een gloednieuwe, gesteven witte kap op haar kleine vogelachtige hoofd.

'Kijk je naar de schilderijen?' zei ze.

'Ja.'

'Wil je soms dat het portret teruggehangen wordt?' vroeg ze en ze wees kalm, met de directheid van oude mensen, naar de muur. Ze wees naar de plek van het ontbrekende schilderij.

'Heb je het nog?' vroeg de generaal.

De min gebaarde dat ze het schilderij nog had.

'Nee,' zei hij na een korte pauze. Daarna, zachter: 'Ik wist niet dat je het nog had. Ik dacht dat je het verbrand zou hebben.'

'Het heeft geen enkele zin,' zei de min met scherpe, dunne stem, 'om schilderijen te verbranden.'

'Nee,' zei de generaal op een intieme manier, zoals men alleen met de min spreekt. 'Dat maakt niets uit.'

Ze draaiden zich om en keken naar beneden, waar in de hal

een bediende en het kamermeisje bloemen in de kristallen vazen schikten.

In de voorbije uren was het kasteel tot leven gekomen als een mechaniek dat opgewonden is. Niet alleen de meubels begonnen te leven, de leunstoelen en de banken, die van hun katoenen zomerhoezen werden bevrijd, maar ook de schilderijen aan de muren, de grote ijzeren kandelaars, de pronkstukken in de vitrines en op de schoorsteenmantel. In de haard werden blokken hout klaargezet voor het vuur, want na middernacht sloeg de koele nevel van de nazomernachten als een slijmerige, klamme aanslag neer in de kamers. Het was alsof de voorwerpen opeens bestaansgrond hadden gekregen en wilden bewijzen dat alles op de wereld pas zin had als het in relatie stond tot de mensen, als het een onderdeel vormde van menselijke handelingen en het menselijk lot. De generaal keek naar de grote hal, naar de bloemen op de tafel voor de schouw, de rangschikking van de fauteuils.

'Deze leren stoel,' zei hij, 'stond rechts.'

'Herinner jij je het zo?' vroeg de min en ze knipperde met haar ogen.

'Ja,' zei hij. 'Hier zat Konrád, onder de klok, bij het vuur. In het midden, tegenover de schouw, zat ik in de Florentijnse stoel. Krisztina zat tegenover hem in de leunstoel die mijn moeder nog had meegebracht.'

'Je weet het zeker,' zei de min.

'Ja.' De generaal steunde tegen de trapleuning en keek in de diepte. 'In de blauwe kristallen vaas stonden dahlia's. Eenenveertig jaar geleden.'

'Je weet alles nog goed, dat is zeker,' zei de min met een zucht.

'Ja, alles,' zei hij rustig. 'Heb je met het Franse porselein gedekt?'

'Ja, het gebloemde,' zei Nini.

'Goed.' Hij knikte gerustgesteld. Nu keken ze een tijdlang zwijgend naar de aanblik van de grote conversatiezaal in de diepte, de enorme meubels die een herinnering bewaarden, de betekenis van een uur, van een ogenblik, alsof ze tot die tijd slechts bestaan hadden, volgens de wetten van textiel, hout en metaal, maar alsof een moment vierenveertig jaar geleden de dode voorwerpen met levende inhoud had gevuld: een moment dat de zin van hun bestaan was. En nu zij waren gaan leven, als een mechaniek dat opgewonden was, herinnerden de voorwerpen zich dit ook. 'Wat ga je je gast voorzetten?'

'Forel,' zei Nini. 'Soep en forel. Rood vlees en salade. Parelhoen. En geflambeerd ijs. De kok heeft het al tien jaar niet meer gemaakt. Maar hopelijk zal het wel lekker zijn,' zei ze bezorgd.

'Zorg dat het lekker is. Toen was er ook kreeft,' zei hij zachtjes, alsof hij tegen de diepte praatte.

'Ja,' zei de min rustig. 'Krisztina hield van kreeft, op alle manieren bereid. Toen was er nog kreeft in de beek. Nu niet meer. Zo laat kon ik niets meer uit de stad laten komen.'

'Zorg voor de juiste wijn,' zei de generaal zachtjes met samenzweerderige vertrouwelijkheid. Door die toon trad de min onwillekeurig nader; met de vertrouwelijkheid van bediende én familielid boog ze haar hoofd om de woorden beter te kunnen verstaan. 'Laat Pommard van zesentachtig uit de kelder halen. En chablis voor bij de vis. En een fles oude Mumm, een van de reuzenflessen. Weet je nog?'

'Ja.' De min dacht na. 'Daarvan is er alleen nog de droge soort. Krisztina dronk halfzoet.'

'Eén slokje,' zei de generaal. 'Altijd maar één slokje, bij het vlees. Ze hield niet van champagne.'

'Wat wil je van deze man?' vroeg de min.

'De waarheid,' zei de generaal.

'Je weet de waarheid heel goed.'

'Nee,' zei hij luid, zonder zich te bekommeren om de bediende en het kamermeisje, die bij dit geluid ophielden met bloemen schikken en naar boven keken. Maar toen sloegen ze meteen de ogen neer en gingen werktuiglijk verder. 'Juist de waarheid weet ik niet.'

‘Maar de werkelijkheid weet je wel,’ zei de min scherp, aanvallend.

‘De werkelijkheid is nog niet de waarheid. De werkelijkheid is slechts een detail. Krisztina wist de waarheid ook niet. Hij, Konrád, wist die misschien wel. Nu pak ik die van hem af,’ zei hij kalm.

‘Wat?’ vroeg de min.

‘De waarheid,’ antwoordde hij kort, en hij zweeg.

Toen de bediende en het kamermeisje de conversatiezaal hadden verlaten, en zij tweeën boven alleen bleven, kwam de min naast hem staan, eveneens met haar ellebogen op de balustrade geleund, alsof ze naar het uitzicht stonden te kijken vanaf een berghelling. Zo zei ze, haar woorden richtend naar de kamer waar die drie mensen eens samen voor de schouw hadden gezeten: ‘Ik moet je iets vertellen. Toen Krisztina op sterven lag, riep ze jou.’

‘Ja,’ zei de generaal. ‘Ik was hier.’

‘Je was hier en je was er toch niet. Je was zo ver weg alsof je op reis was. Jij was in jouw kamer en zij lag op sterven. Ze was alleen met mij, tegen de ochtend. Toen riep ze jou. Ik zeg je dit opdat je het weet, vanavond.’

De generaal zweeg.

‘Ik denk dat hij eraan komt,’ zei hij en hij richtte zich op. ‘Zorg goed voor de wijn, Nini, en alles.’

Ze hoorden het grind van de oprit knerpen en de wielen van de landauer rammelen bij de ingang. De generaal zette zijn stok tegen de trapleuning en betrad zonder stok de trap om zijn gast tegemoet te lopen. Op de bovenste trede bleef hij even staan.

‘De kaarsen,’ zei hij. ‘Weet je nog? De blauwe tafelkaarsen. Hebben we ze nog? Steek die aan bij het diner, laat ze maar branden.’

‘Dat herinner ik me niet,’ zei de min.

‘Ik wel,’ zei hij koppig.

Kaarsrecht en met de plechtstatigheid van oude mensen liep hij in zijn zwarte pak langzaam de trap af. De deur van de conversatiezaal ging open en in de opening van de grote glazen deur, achter de bediende, verscheen een oude man.

'Je ziet, ik ben nog een keer gekomen,' zei de gast zachtjes.

'Ik heb er nooit aan getwijfeld,' antwoordde de generaal even zacht en hij glimlachte.

Ze schudden elkaar de hand, zeer beleefd.

10

Ze gingen voor de schouw staan en bijziend knipperend bij het koude, fonkelende licht van de branders van de wandlamp namen ze elkaar aandachtig en vakkundig op.

Konrád was enkele maanden ouder dan de generaal: hij was in het voorjaar drieënzeventig geworden. De twee oude mannen keken naar elkaar met knipperende, vakkundige ogen, zoals alleen oude mensen de lichamelijke verschijnselen waarnemen: zeer aandachtig, gericht op de essentie, op zoek naar de laatste tekenen van levenskracht, naar resten levenslust in gelaat en gedrag.

'Nee,' zei Konrád ernstig, 'we zijn er niet jonger op geworden.'

Maar ze hadden allebei een jaloers en tegelijk blij gevoel van verrassing dat de ander de strenge test had doorstaan: de tijdsspanne van eenenveertig jaar, de tijd van afstand, de tijd waarin ze elkaar niet zagen en zich toch elke dag, elk uur van de ander bewust waren, had hen niet aangetast. We hebben het gehaald, dacht de generaal. En de gast dacht, met een eigenaardige tevredenheid waarin teleurstelling en leedvermaak zich vermengden met genoegdoening over de lichamelijke test – teleurstelling omdat de ander gezond en wel voor hem stond, en leedvermaak omdat hij in kracht en gezondheid hier terug had kunnen komen –: hij heeft op me gewacht, daarom is hij zo sterk.

In deze ogenblikken voelden ze beiden dat het wachten in de voorbije tientallen jaren hun kracht had gegeven om te leven. Alsof iemand zich een leven lang oefent voor één taak.

Konrád wist dat hij hier nog een keer terug moest komen, en de generaal wist dat dit moment op een dag zou komen. Daar leefden ze voor.

Konrád was ook nu bleek, zoals in zijn kinderjaren; het was te zien dat hij nog steeds binnenskamers leefde en de buitenlucht meed. Ook hij droeg een donker pak, stemmige maar zeer verfijnde kleding. Hij lijkt rijk, dacht de generaal. Minutenlang keken ze zwijgend naar elkaar. Toen bracht de bediende alsemwijn en brandewijn.

'Waar kom je vandaan?' vroeg de generaal.

'Uit Londen.'

'Woon je daar?'

'Er vlakbij. Ik heb een klein huisje in de buurt van Londen. Toen ik terugkwam van de tropen, ben ik daar gebleven.'

'Waar ben je geweest in de tropen?'

'Singapore.' Hij hief zijn witte hand en wees onzeker naar een punt in de lucht, alsof hij in de ruimte de plek aan wilde wijzen waar hij ooit gewoond had. 'Maar alleen in de laatste periode. Daarvoor diep in de binnenlanden van het schiereiland, tussen de Maleiers.'

'Men zegt,' sprak de generaal, terwijl hij het glas alsemwijn met een verwelkomende beweging omhooghief, in de richting van het licht, 'dat de tropen mensen verslijten en oud maken.'

'Het is er afschuwelijk,' zei Konrád. 'De tropen kosten tien jaar van elk leven.'

'Aan jou is dat niet te zien. Welkom!'

Ze leegden de glazen en gingen zitten.

'Nee?' vroeg de gast, nadat hij bij de schouw was gaan zitten in de fauteuil die onder de klok stond. De generaal keek aandachtig naar zijn bewegingen. Nu de vroegere vriend zijn plaats had ingenomen in de leunstoel – exact op de plek waar hij eenenveertig jaar geleden voor het laatst gezeten had, alsof hij, door een magnetische kracht aangetrokken, moest gehoorzamen aan de magie van die plek –, knipperde hij opgelucht met zijn ogen. Hij voelde zich als een jager die eindelijk zijn prooi in de val ziet, in de valstrik waar die tot dan toe voorzichtig omheen gelopen was. Nu was alles en iedereen op zijn plaats. 'De tropen zijn afschuwelijk,' herhaalde Konrád. 'Mensen zoals wij kunnen daar niet tegen. De organen verslijten, het weefsel brandt op. Iets in je wordt gedood.'

'Ben je erheen gegaan,' vroeg de generaal achteloos, zonder nadruk, 'om iets in je te doden?'

Hij vroeg het beleefd, op conversatietoon. En hij ging eveneens zitten, tegenover de schouw in de oude leunstoel, die in de familie 'de Florentijnse stoel' werd genoemd. Dit was zijn plaats, 's avonds, voor en na het diner, eenenveertig jaar geleden, als ze gedrieën, Krisztina, Konrád en hij, in de conversatiezaal zaten te praten. Nu keken ze allebei naar de derde fauteuil, de lege stoel, die met Franse zijde bekleed was.

'Ja,' zei Konrád rustig.

'Is het gelukt?'

'Ik ben al oud,' zei hij, en hij keek in het vuur.

Hij antwoordde niet op de vraag. Zo zaten ze zwijgend naar het vuur te kijken, totdat de bediende hen kwam uitnodigen voor het diner.

11

'Het is zo,' zei Konrád na de forel. 'Je denkt dat je eraan zult wennen.' Hij bedoelde het leven in de tropen. 'Ik was nog jong toen ik er aankwam, je herinnert het je immers wel. Tweeëndertig jaar. Ik ging meteen naar de moerassen. De huizen hebben daar daken van metaalplaat. Ik had geen geld. De koloniale compagnie betaalde alles. 's Nachts is het alsof je in een warme nevel ligt. 's Morgens is die nevel dichter, en heet. Later raak je afgestompt. Iedereen drinkt, de mensen hebben bloeddoorlopen ogen. Het eerste jaar denk je dat je doodgaat. Het derde jaar voel je dat je niet meer de oude bent, alsof je levenstempo veranderd is. Je leeft sneller, iets brandt in je, je hart slaat anders, en tegelijkertijd ben je onverschillig. Maandenlang onverschillig. Dan komt het moment dat je niet meer weet wat er met je en om je heen gebeurt. Soms is het pas na vijf jaar zo ver, soms al in de eerste maanden. De driftaanval. Velen plegen dan een moord of slaan de hand aan zichzelf.'

'De Engelsen ook?' vroeg de generaal.

'Minder vaak. Maar ook zij raken besmet met die koorts, die woede, die geen bacterie als ziekteverwekker heeft. Ik geloof er heilig in dat het om een ziekte gaat, waarvan men de oorzaak niet heeft gevonden. Misschien komt het door het water. Misschien door de planten. Misschien door de Maleise liefdes. Men raakt nooit gewend aan die vrouwen. Sommigen zijn prachtig. Ze hebben een glimlach, en er is een bepaalde gladheid in hun huid, in hun bewegingen, hun lach, hun gebruiken, de manier waarop ze je bedienen, in bed en aan tafel... en toch raak je er niet aan gewend. De Engelsen wel, die beschermen zich. Ze nemen Engeland mee in hun handbagage. Hun hoffelijke arrogantie, hun geslotenheid, de goede opvoeding, de golfterreinen en de tennisbanen, de whisky, de smoking die ze 's avonds dragen in de huizen met daken van metaalplaat midden in het moeras. Uiteraard niet iedereen. Dat zijn fabels. De meesten worden na vier, vijf jaar ook beesten, net als de anderen, de Belgen, de Fransen, de Nederlanders. De tropen vreten hun *college*-manieren weg, zoals lepra de huid van het menselijk lichaam wegvreet. Je moet weten, thuis op het eiland is elke Engelsman verdacht, die lange tijd in de tropen heeft doorgebracht. Ze worden gerespecteerd en gewaardeerd, maar ze zijn verdacht. Op de geheime registratiekaart wordt het ongetwijfeld vermeld: 'Tropen'. Alsof er gezegd werd: 'Syfilis'. Of: 'Spionagedienst'. Iedereen die langere tijd in de tropen heeft doorgebracht, is verdacht. Al speelde hij golf en tennis, al dronk hij nog zoveel whisky in Singaporese society-kringen en verscheen hij nog zo vaak op de soirees van de gouverneur, in smoking of uniform met medailles op zijn borst: hij is verdacht. Omdat hij de tropen heeft meegemaakt. Hij heeft deze griezelige besmetting doorstaan waaraan niemand kan wennen, maar die tegelijk ook iets aantrekkelijks heeft, zoals elke vorm van levensgevaar. De tropen zijn een ziekte. Van tropische ziekten kan men genezen, van de tropen nooit.'

'Ik begrijp het,' zei de generaal. 'Ben jij ook besmet geraakt?'

'Iedereen raakt besmet.' De gast proefde de chablis, met zijn hoofd achterovergebogen slikkend als een kenner. 'Wie alleen maar drinkt, komt er goedkoper van af. Passie en verslaving sluimeren daar in het leven, zoals de tornado, die achter de moerassen op de loer ligt in de bergen en de bossen. Passie die tot allerlei soorten verslaving leidt. Daarom is voor een Engelsman op het eiland iedereen verdacht die uit de tropen komt. Men weet nooit wat hij in zijn bloed, in zijn hart, in zijn zenuwen draagt. Hij is geen gewone Europeaan meer, dat is zeker. Hij is het niet helemaal, ook al heeft hij een abonnement gehad op de Europese tijdschriften, ook al heeft hij midden in het moeras alles gelezen wat er aan ideeën geschreven en gedacht is in de laatste jaren of in voorbije eeuwen, ook al heeft hij die speciale, pijnlijk zorgvuldige manieren bewaard die de mensen in de tropen onder hun blanke gelijken nauwkeurig in acht nemen, zoals een dronkelap in gezelschap de etiquette in acht neemt: hij gedraagt zich overdreven stijf opdat men zijn verslaving niet merkt, hij is gepolijst, keurig en welopgevoed... Maar binnenin zit iets anders.'

'Wil jij vertellen,' zei de generaal en hij hief zijn glas gevuld met witte wijn naar het licht, 'wat binnenin zit?'

En toen de ander zweeg: 'Ik stel me voor dat je vanavond gekomen bent om dat te vertellen.'

Ze zitten aan de lange tafel in de grote eetzaal, die sinds Krisztina's dood niet door gasten is bezocht. De zaal, waar decennialang niemand heeft gegeten, is als een museumzaal, waar meubels en gebruiksvoorwerpen worden bewaard, de kenmerkende kunstvoorwerpen van een voorbij tijdperk. De muren zijn bedekt met oud Frans houtwerk, de meubels zijn afkomstig uit Versailles. Ze zitten aan de twee uiteinden van de lange tafel, tussen hen in staan, midden in de met wit damast beklede ruimte, orchideeën in een kristallen vaas. Rond de bloemendecoratie staan vier porseleinen beelden, vier prachtstukken uit de fabriek van Sèvres: gracieuze artistieke voorstellingen van Noord, Zuid, Oost en West. Voor de generaal staat het symbool van het Westen, voor Konrád het Oosten: een grijnzende kleine Arabier met een kameel en een palmboom.

Op de tafel staat een rij porseleinen kandelaars met dikke blauwe kerkkaarsen. In de kamer schijnt verder alleen indirect licht in de vier hoeken. De kaarsen flakkeren met hoge vlammen, de kamer is gedeeltelijk in duister gehuld. In de grijze marmeren schouw brandt het vuur van de houtblokken met gele en roodzwarte vlammen. Maar de tot op de vloer doorlopende vleugelramen zijn niet helemaal gesloten, de grijze zijden gordijnen zijn niet helemaal dichtgetrokken voor de vensters. De luchtstromen van de zomeravond trekken soms door de raamopeningen de zaal binnen, door de dunne gordijnen heen is het maanverlichte landschap zichtbaar, met in de verte de knipperende lichten van het stadje.

Bij het midden van de lange tafel, die versierd is met bloemen en verlicht wordt met flakkerende kaarsen, staat met de rug naar de schouw toe nog een stoel met gobelinbekleding. Dit was ooit de plaats van Krisztina, de vrouw van de generaal. Voor het ontbrekende couvert bevindt zich het porseleinen beeld van het Zuiden: een leeuw, een olifant en een zwarte man in een boernoes staan samen in vrede te waken over iets op dat vlakje ter grootte van een handpalm. Op de achtergrond staat de majordomus in een zwarte redingote op wacht naast de serveertafel, roerloos; met een wenk van zijn ogen stuurt hij de bewegingen van de bedienden, die vanavond Franse kleren dragen, kniebroeken en Franse herenrokken. Dit gebruik had de moeder van de generaal ooit ingevoerd, en elke keer wanneer ze in deze zaal aten – waarvan alle meubels en zelfs de borden, het gouden bestek, de kristallen karaffen en glazen, maar ook de wandbekleding door de vreemde vrouw uit haar eigen land waren meegenomen –, eiste zij dat het bedienend personeel in de kleren van de oude tijd verscheen en serveerde. De stilte in de zaal is zo diep dat zelfs het zacht knisteren van de brandende houtblokken hoorbaar is. Ze praten zacht en verstaan elkaar toch goed: de warme, met oud hout beklede muren weerkaatsen zelfs bijna fluisterend uitgesproken woorden, zoals het houtwerk van een instrument de resonantie van de snaren doorgeeft.

'Nee,' zegt Konrád, die intussen heeft zitten eten en nadenken. 'Ik ben gekomen omdat ik in Wenen was.'

Hij eet schrokkig, met fijne bewegingen maar met de gulzigheid van oude mensen. Nu legt hij de vork op de rand van het bord, buigt een beetje naar voren en schreeuwt bijna naar de gastheer in de verte: 'Ik ben gekomen omdat ik je nog een keer wilde zien. Is dat niet vanzelfsprekend?'

'Ja, volkomen vanzelfsprekend,' zegt de generaal hoffelijk. 'Je was dus in Wenen. Dat moet een bijzondere ervaring voor je zijn geweest, je hebt immers de tropen en de passie leren kennen. Ben je lang niet in Wenen geweest?'

Hij vraagt dit heel beleefd, zonder een spoor van ironie in zijn stem. De gast kijkt argwanend naar hem van het andere einde van de tafel. Ze zitten er enigszins verloren bij, twee oude mannen in die grote zaal, ver van elkaar verwijderd.

'Heel lang,' antwoordt hij. 'Veertig jaar. Toen...' zegt hij onzeker en hij houdt van schroom onwillekeurig op. 'Toen ben ik op doorreis in Wenen geweest, op weg naar Singapore.'

'Ik begrijp het,' zegt de generaal. 'En wat trof je nu aan in Wenen?'

'De verandering,' zegt Konrád. 'Op mijn leeftijd, in mijn situatie, treft men overal de verandering aan. Het is wel zo dat ik eenenveertig jaar niet meer op het Europese continent ben geweest. Ik heb alleen enkele uren in Franse havens doorgebracht, onderweg van Singapore naar Londen. Maar Wenen wilde ik nog eens zien. En dit huis.'

'Ben je daarvoor op reis gegaan?' vraagt de generaal. 'Om Wenen en dit huis nog eens te zien? Of had je zaken te regelen op het continent?'

'Ik heb niets meer te regelen,' antwoordt hij. 'Ik ben drieënzeventig jaar oud, net als jij. Binnenkort ga ik dood. Daarom ben ik op reis gegaan, daarom ben ik ook hier naartoe gekomen.'

'Men zegt,' antwoordt de generaal op hoffelijke, bemoedigende toon, 'dat men op deze leeftijd net zo lang leeft tot men er genoeg van krijgt. Is het voor jouw gevoel niet zo?'

'Ik heb er nu al genoeg van,' zegt de gast.

Hij zegt dit zonder nadruk, onverschillig.

'Wenen,' zegt hij. 'Weet je, dit was voor mij een soort stemvork in de wereld. Het woord "Wenen" uitspreken was alsof ik een stemvork liet klinken om te horen wat de ander, met wie ik praatte, daarvan kon horen. Zo testte ik mensen. Wie geen antwoord kon geven, daar kon ik niets mee beginnen. Want Wenen was niet alleen een stad, maar ook een toon die al dan niet in je hart klinkt, in de eeuwigheid. Het was het mooiste in mijn leven. Ik was arm, maar ik was niet alleen, want ik had een vriend. En Wenen was ook als een vriend. Ik hoorde altijd de stem van die stad, ook in de tropen, als het regende. En niet alleen dan. Soms moest ik in het oerwoud aan de muffe geur van het portiek van het huis in Hietzing denken. In Wenen leefde alles, de muziek en alles waar ik van hield, in de stenen, in de blikken van de mensen en in hun manier van doen, zoals gezuiverde driften leven in een mensenhart. Weet je wel, wanneer de emoties niet langer pijn doen. Wenen in de winter en in de lente. De wandelpaden in Schönbrunn. Het blauwe licht op de slaapzaal van het instituut, het grote witte trappenhuis met het barokke beeld. Het paardrijden 's morgens in het Prater. De witte paarden van de Spaanse Rijschool. Dit waren krachtige herinneringen en ik wilde alles nog een keer zien,' zegt hij zacht, bijna beschaamd.

'En wat trof je er aan, na eenenveertig jaar?' vraagt de generaal nog eens.

'Een stad,' antwoordt Konrád en hij haalt zijn schouders op. 'De verandering.'

'Hier,' zegt de generaal, 'zul je tenminste niet teleurgesteld worden. Bij ons is er weinig veranderd.'

'Heb je niet gereisd in de laatste jaren?'

'Weinig.' De generaal kijkt in de kaarsvlam. 'Alleen voor zover van dienstwege noodzakelijk. Ik heb ook een tijdlang overwogen om de dienst te verlaten, zoals jij. Er was een tijd dat ik daarover dacht. Dat ik ook zou gaan reizen in de wereld om rond te kijken, op zoek te gaan naar iets, naar iemand.' Ze kijken elkaar niet aan: de gast staart in het kristallen glas met de gele drank, de generaal in het flakkerende kaarslicht. 'Maar toen ben ik toch gebleven. Je weet wel, de dienst. Je wordt star, stijfkoppig. Ik had mijn vader beloofd om mijn diensttijd vol te maken. Daarom ben ik gebleven. Wel ben ik vroeg met pensioen gegaan. Op vijftigjarige leeftijd kreeg ik het legerkorps onder mijn bevel. Ik had het gevoel dat ik er te jong voor was. Toen deed ik afstand van mijn functie. Het werd begrepen en geaccepteerd.

Trouwens,' zegt hij en hij wenkt de bediende, die rode wijn moet inschenken, 'er kwam toch een tijd aan waarin de dienst niet meer plezierig was. De revolutie, de tijd van verandering.'

'Ja,' zegt de gast. 'Daar heb ik van gehoord.'

'Alleen gehoord? Wij hebben het aan den lijve ervaren,' zegt hij streng.

'Misschien heb ik meer dan alleen ervan gehoord,' antwoordt nu de ander. 'Negentienzeventien, ja. Toen was ik voor de tweede keer naar de tropen teruggekeerd. Ik werkte in het moeras, met Chinese en Maleise koelies. De Chinezen zijn de besten. Ze verspelen alles met kaarten, maar ze zijn de besten. We zaten diep in het moeras en het oerwoud. Er was geen telefoon. Ook geen radio. In de wereld woedde de oorlog. Ik was toen al Brits staatsburger, maar ze begrepen dat ik niet tegen mijn geboorteland kon vechten. Zoiets begrijpen zij. Daarom mocht ik teruggaan naar de tropen. We wisten daar niets, de koelies konden het minste weten. Maar er kwam een dag waarop ze daar in het moeras, zonder krant en radio, na wekenlang afgesloten te zijn geweest van alles wat berichten uit de buitenwereld kon brengen, plotseling ophielden met werken. Om twaalf uur 's middags. Zonder de geringste aanleiding. Er was niets om hen heen veranderd, de arbeidsomstandigheden, het disciplinaire stelsel, alles was het oude, ook het eten. Niet goed en niet slecht. Zoals het daar kon zijn. Zoals het er móést zijn. En op een dag in negentienzeventien, om twaalf uur 's middags, zeiden ze dat ze niet verder wilden werken. Ze kwamen uit het dichte oerwoud tevoorschijn, vierduizend koelies, tot hun middel onder de modder, met bloot bovenlichaam; ze legden hun gereedschap, de bijlen en schoppen, neer en zeiden: "Genoeg." Ze eisten van alles. Dat het recht op disciplinaire rechtspraak de grondbezitters ontnomen zou worden. Ze wilden loonsverbetering. Langere pauzes. Het was onbegrijpelijk wat hen ineens bezielde. Vierduizend koelies waren daar voor mijn ogen in vierduizend gele en bruine duivels veranderd. Die middag reed ik te paard naar Singapore. Daar kwam ik het te weten. Ik was een van de eersten op het schiereiland die het wisten.'

'Wat kwam je te weten op het schiereiland?' vraagt de generaal en hij buigt naar voren.

'Ik kwam te weten dat in Rusland de revolutie uitgebroken was. Een man van wie men toen niets anders wist dan dat hij Lenin heette, keerde in een verzegelde wagon terug naar zijn land met het bolsjewisme in zijn handbagage. In Londen kreeg men het dezelfde dag te horen als mijn koelies, zonder telefoon en radio, in het oerwoud, midden in het moeras. Het was onbegrijpelijk. Later heb ik het begrepen. Wat belangrijk is voor de mensen, weten ze gewoon, zonder apparaten en telefoons.'

'Denk je?' vraagt de generaal.

'Ik weet het,' antwoordt hij rustig. 'Wanneer is Krisztina gestorven?' vraagt hij zonder overgang.

'Hoe weet je dat Krisztina gestorven is?' vraagt de generaal zonder nadruk. 'Je woonde in de tropen, je bent eenenveertig jaar niet op het continent geweest. Heb je het aangevoeld, zoals de koelies de revolutie aanvoelden?'

'Aangevoeld?' vraagt de gast. 'Misschien. Maar ze zit niet hier bij ons. Waar kan ze zijn? Nergens anders dan in het graf.'

'Ja,' zegt de generaal. 'Ze ligt in de tuin, vlak bij de kassen. Zoals ze wilde.'

'Is ze lang geleden overleden?'

'Acht jaar nadat je bent weggegaan.'

'Acht jaar daarna,' zegt de gast, en zijn bloedeloze mond met het witte kunstgebit beweegt geluidloos alsof hij kauwt of rekent. 'Achtentwintig was ze.' Nu rekent hij weer, halfluid. 'Als ze nog leefde, zou ze nu eenenzestig zijn.'

'Ja, ze zou een oude vrouw zijn, zoals wij ook oude mannen zijn.'

'Wat had ze?'

'Ze zeiden dat ze gestorven was aan een ernstige vorm van bloedarmoede, pernicieuze anemie. Een tamelijk zeldzame ziekte.'

'Niet zo zeldzaam,' antwoordt Konrád ter zake kundig. 'In de tropen komt deze ziekte vaak voor. De leefomstandigheden veranderen en het bloedbeeld reageert daarop.'

'Het zou kunnen,' zegt de generaal. 'Misschien komt het in Europa ook vaak voor als iemands leefomstandigheden veranderen. Ik heb er geen verstand van.'

'Ik ook niet veel. Maar in de tropen is er altijd wat met het lichaam aan de hand. Langzamerhand word je een soort kwakzalver. De Maleiers zijn ook eeuwig en altijd met kwakzalverij bezig. Ze is dus gestorven in negentienhonderdacht,' zegt hij zonder nadruk, alsof hij al die tijd heeft zitten denken en nu de uitkomst van de som heeft. 'Zat je toen nog in dienst?'

'Ja. Tijdens de hele oorlog zat ik in dienst.'

'Hoe was die?'

'De oorlog?' De generaal kijkt de gast met een bijziende, strakke blik aan. 'Die was afschuwelijk, net als de tropen. Vooral de laatste winter in het noorden. Ook hier in Europa is het leven avontuurlijk,' zegt de generaal en hij glimlacht.

'Avontuurlijk? Ja, het zou kunnen.' De gast knikt instemmend. 'Geloof me, ik leed soms onder de gedachte dat ik er niet bij was terwijl jullie vochten. Ik dacht er ook over om terug te komen en me te melden bij het regiment.'

'Die gedachte,' zegt de generaal zonder nadruk, zeer beleefd, maar gedecideerd, 'kwam ook bij anderen in het regiment op. Maar toen kwam je niet. Waarschijnlijk had je andere dingen te doen,' zegt hij bemoedigend.

'Ik was Brits staatsburger,' herhaalt Konrád met gêne. 'Je kunt niet om de tien jaar van vaderland wisselen.'

'Nee,' zegt de generaal instemmend. 'Ik denk dat je helemaal niet van vaderland kan wisselen. Je kunt alleen van documenten wisselen. Heb jij het niet zo ervaren?'

'Mijn vaderland,' zegt de gast, 'is opgehouden te bestaan, uiteengevallen. Mijn vaderland was Polen en Wenen, dit huis en de kazerne in de stad, Galicië en Chopin. Wat is er overgebleven van dit alles? Wat het allemaal bijeenhield, dat geheimzinnige bindmiddel, werkt niet meer. Alles is in stukjes uiteengevallen. Mijn vaderland was een gevoel. Dit gevoel is gekrenkt. Dan is het goed om weg te gaan. Naar de tropen, of verder weg.'

'Verder weg? Waarheen?' vraagt de generaal koel.

'In de tijd.'

'Je herinnert je misschien,' zegt de generaal en hij heft het glas met de zwartrode wijn, 'het jaar waarin deze wijn is gemaakt. Hij is geoogst in zesentachtig, toen we de eed aflegden. Mijn vader vulde één vleugel van de kelder met deze wijn als herinnering aan die dag. Het is vele jaren geleden, bijna het hele leven is intussen voorbijgegaan. Het is oude wijn.'

'Datgene waarop wij onze eed gezworen hebben, bestaat niet meer,' zegt de gast zeer ernstig en hij heft ook zijn glas. 'Iedereen is dood of weg, heeft datgene waarop wij onze eed hebben afgelegd, opgegeven. Er was een wereld die het waard was om voor te leven en te sterven. Die wereld is dood. Met de nieuwe heb ik niets te maken. Dit is alles wat ik kan zeggen.'

'Die wereld leeft voor mij, ook al bestaat zij in werkelijkheid niet meer. Zij leeft, omdat ik er een eed op heb gezworen. Dit is alles wat ik kan zeggen.'

'Ja, jij bent een echte soldaat gebleven,' antwoordt de gast.

Ze heffen hun glazen uit de verte naar elkaar en drinken dan zwijgend de rode wijn.

12

'Toen je wegging,' zegt de generaal vriendelijk, alsof ze het belangrijkste, het pijnlijke onderwerp, reeds besproken hadden en nu slechts de conversatie voortzetten, 'dachten we lange tijd dat je nog terug zou komen. Iedereen verwachtte je terug. Iedereen was je vriend. Je was een beetje excentriek, neem me niet kwalijk dat ik het zeg. We vergaven het je, want we wisten dat muziek belangrijker voor je was. We begrepen je vertrek niet, maar we berustten erin, want we wisten dat je er een belangrijke reden voor had. We wisten dat je alles moeilijker verdroeg dan wij, echte soldaten. Wat voor jou een toestand was, was voor ons een roeping. Wat voor jou een kostuum was, was voor ons noodlot. We waren niet verbaasd toen je die vermomming afwierp. Maar we dachten dat je op een dag terug zou komen. Of zou schrijven. Er waren er meer die dat dachten, ik ook, moet ik je eerlijk zeggen. Krisztina ook. En mensen van het regiment, als je je die nog kunt herinneren.'

'Ik herinner me hen slechts vaag,' zegt de gast onverschillig.

'Ja, je zult veel meegemaakt hebben. Je leefde in de wereld. Dan vergeet men snel.'

'Nee,' zegt hij. 'De wereld is niets. Wat belangrijk is, vergeet je nooit. Daar kwam ik pas later achter, toen ik al ouder werd. Maar bijkomstigheden bestaan niet, die gooi je weg als dromen. Ik herinner me het regiment niet,' zegt hij koppig. 'Al een tijdlang herinner ik me alleen nog het wezenlijke.'

'Zoals Wenen en dit huis? Bedoel je dat?'

'Wenen en dit huis,' herhaalt de gast werktuiglijk. Met half gesloten ogen staart hij tussen zijn wimpers door voor zich uit. 'De herinnering zeeft alles op wonderbaarlijke wijze. Grote gebeurtenissen blijken na twintig jaar niets aan je te hebben veranderd. Dan herinner je je op een dag een jacht, of een detail uit een boek, of deze kamer. Toen we hier voor het laatst zaten te eten, waren we met z'n drieën. Krisztina was nog in leven. Zij zat hier, in het midden. Toen was er ook gedekt met deze tafeldecoratie.'

'Ja,' zegt de generaal. 'Voor jou stond het Oosten, voor Krisztina het Zuiden. En voor mij het Westen.'

'Herinner jij je ook de details?' vraagt de gast.

'Ik herinner me alles.'

'Ja, details zijn soms heel belangrijk. Ze houden het geheel bij elkaar, ze zijn een soort kleefstof voor het materiaal van de herinneringen. Dat dacht ik soms ook in de tropen, als het regende. Die regen...' zegt hij, als om een ander onderwerp aan te snijden. 'Maandenlang. Hij ratelt op de metalen platen van het dak als een machinegeweer. Het moeras dampt, de regen is warm. Alles is vochtig, het beddengoed, het ondergoed, de boeken, de tabak in het metalen doosje, het brood. Alles kleeft als stijfsel. Je zit in het huis, de Maleiers zingen. De vrouw die je in huis genomen hebt, zit roerloos in de hoek van de kamer te kijken. Urenlang kunnen ze zo roerloos zitten kijken. Eerst let je er niet op. Dan word je zenuwachtig en beveel je haar om de kamer uit te gaan. Maar dat helpt ook niet: je weet dat ze dan ergens anders zit te kijken, in een van de andere kamers van het huis, en dat ze dwars door de muren heen kijkt. Ze hebben grote bruine ogen, als Tibetaanse honden, die stille rotbeesten, de meest achterbakse dieren van de gehele aardbol. Ze kijken met die glanzende, kalme blik, en waar je ook gaat, je voelt dit kijken alsof iemand je met een boze straal achtervolgt. Als je tegen haar schreeuwt, glimlacht ze. Als je haar een klap geeft, kijkt ze en blijft glimlachen. Als je haar wegstuurt, gaat ze op de drempel van het huis zitten, en ze blijft kijken. Dan moet je haar terughalen. Ze krijgen kinderen, maar daar praat niemand over, zijzelf het minst. Alsof je een dier, een moordenaar, een priesteres, een magiër en een waanzinnige in één persoon bij je houdt. Dan word je moe, want dit kijken is zo krachtig dat zelfs de sterkste man er moe van wordt. Het is zo krachtig als aanraken. Alsof iemand je onophoudelijk streelt. Het is om er gek van te worden. Dan doet dat er ook niet meer toe. Het regent. Je zit in je kamer, drinkt brandy, veel brandy, rookt die zoete tabak. Soms komt er iemand langs, die praat niet veel, hij drinkt ook veel en rookt ook de zoete tabak. Je wilt lezen, maar op de een of andere manier valt de regen in het boek, niet letterlijk maar toch heel werkelijk: je kunt de betekenis van de letters niet volgen, je luistert naar de regen. Je wilt piano spelen, maar de regen zit naast je en speelt mee. Dan komt de droogte, die dampende schittering. Je wordt snel oud.'

'Heb jij de Polonaise-Fantasie weleens gespeeld in de tropen?' vraagt de generaal beleefd.

Ze eten rood vlees, aandachtig en met enorme eetlust, met het geconcentreerde slikken en kauwen dat oude mensen eigen is, voor wie eten niet meer gewoon het opnemen van voedsel is, maar een plechtige, oeroude handeling. Ze kauwen en eten alsof ze kracht verzamelen, heel aandachtig. Om te handelen is kracht nodig en kracht zit ook in voedsel, in het rode vlees, de donkere wijn. Ze eten een beetje smakkend, met de toegewijde, ernstige overgave van iemand die geen tijd meer heeft om netjes te eten, voor wie het belangrijker is om elke vezel van het vlees grondig te kauwen, en uit het vlees de levenskracht te zuigen die hij nodig heeft. Ze eten met fijne bewegingen, en tegelijkertijd op de manier van stamoudsten aan een feestmaal: ernstig alsof ze het noodlot gehoorzamen.

Vanuit de hoek van de kamer volgt de majordomus met een bezorgde blik de bewegingen van de bediende, die op zijn witgehandschoende hand een grote schaal laat balanceren. Midden op de schaal ligt chocolade-ijs waar blauwe en gele alcoholvlammen uit slaan.

De bedienden schenken champagne in de glazen van de

gast en de gastheer. De twee oude mannen ruiken deskundig aan het zachtgele vocht uit de fles ter grootte van een kinderlijf.

De generaal proeft eraan en schuift het champagneglas weg. Hij gebaart dat er rode wijn geschonken moet worden. De gast kijkt naar deze operatie en knippert een paar keer met zijn ogen. Ze hebben veel gegeten en gedronken, en nu zijn ze rood aangelopen.

'In de tijd van mijn grootvader,' zegt de generaal, 'stond voor elke gast een pint tafelwijn. Dat was de portie van de gast. Eén pint, anderhalve liter. Tafelwijn. Mijn vader vertelde dat er voor de gasten van de koning ook tafelwijn stond in een kristallen fles. Voor elke gast een fles. Daarom heette het tafelwijn, omdat de fles voor hem stond zodat hij er zoveel van kon drinken als hij maar wilde. De officiële wijnen werden apart ingeschonken. Dat was de orde van de dranken bij de koning.'

'Ja,' zegt Konrád, die rood aangelopen het voedsel zit te verteren. 'Toen had alles nog een orde,' zegt hij onverschillig.

'Hier zat hij,' zegt de generaal achteloos en hij wijst met zijn ogen de plaats van de koning aan bij het midden van de tafel. 'Rechts van hem zat mijn moeder, links de pastoor. Hier zat hij, in deze kamer, op de ereplaats aan tafel. Hij sliep op de bovenverdieping, in de gele kamer. Na het diner danste hij met mijn moeder,' zegt hij zacht, bijna kinderlijk, zoals oude mensen herinneringen ophalen. 'Zie je, er is niemand anders met wie ik over deze dingen kan praten. Daarom is het ook goed dat je nog een keer teruggekomen bent,' zegt hij zeer serieus. 'Je hebt ook de Polonaise-Fantasie met mijn moeder gespeeld. Heb je die later nog gespeeld, in de tropen?' vraagt hij nog eens, alsof hem eindelijk het belangrijkste te binnen is geschoten.

De gast denkt na.

'Nee,' zegt hij. 'Ik heb nooit Chopin gespeeld in de tropen. Weet je, die muziek raakt me zeer. In de tropen ben je gevoeliger.'

Nu ze gegeten en gedronken hebben, is de spanning en de

plechtige sfeer van het eerste halfuur tussen hen verdwenen. Het bloed stroomt warmer door hun verkalkte aderen, op hun voorhoofd en slapen zijn de aderen gezwollen. De bedienden brengen fruit. Ze eten druiven en mispels uit de kassen. Het is warm geworden in de zaal, de bries van de zomeravond doet de grijze zijden gordijnen opwaaien voor de half geopende vleugelramen.

'Zullen we de koffie aan de overkant drinken?'

Op dat ogenblik scheurt een windvlaag de ramen open. De zijden gordijnen beginnen te wapperen, de zware kristallen kroonluchter komt ook in beweging, als op een groot schip, wanneer de storm losbarst. De hemel wordt even verlicht, een zwavelgele flits doorklieft de nacht, zoals een gouden zwaard het lichaam van het slachtoffer splijt. De storm raast nu door de kamer en dooft enkele schuchter flakkerende kaarsvlammen; dan wordt het plotseling donker. De majordomus rent naar de ramen en sluit, in het donker rondtastend, met hulp van twee bedienden de venstervleugels. Nu zien ze pas dat ook de stad in duister gehuld is.

De blikseminslag heeft de elektriciteitscentrale van de stad getroffen. Ze zitten stil in het donker, slechts het vuur van de schouw en twee eenzaam brandende kaarsen geven licht. Dan brengen de lakeien nieuwe armkandelaren.

'Aan de overkant,' zegt de generaal zonder aandacht te schenken aan de blikseminslag en de duisternis.

Een lakei houdt brandende kaarsen omhoog om hen bij te lichten. Ze lopen zwijgend bij het spookachtige licht, ietwat zwalkend en waggelend, zoals hun schaduwen op de muren, uit de eetzaal door de koude salons naar een vertrek waar geen ander meubilair staat dan een lange vleugel met geopende klep en drie fauteuils rond de opgestookte buik van een warme porseleinen kachel. Hier gaan ze zitten en ze kijken door de witte vitrage, die voor de tot op de vloer doorlopende ramen hangt, naar het donkere landschap. De lakei zet op een tafeltje koffie, sigaren en brandewijn voor hen klaar en plaatst een zilveren kandelaar met kerkkaarsen zo dik als een kinderarm op de rand van de kachel. Nu steken ze beiden een sigaar op. Ze zitten zwijgend warm te worden. Uit de kachel straalt gelijkmatig de warmte van de houtblokken, boven hun hoofd flakkert het kaarslicht. De deur is gesloten achter hen. Ze zijn alleen.

13

'We leven niet lang meer,' zegt de generaal zonder overgang, alsof hij een van de eindconclusies uitspreekt van een discussie zonder woorden. 'Een paar jaar, misschien niet eens. We leven niet lang meer, want je bent teruggekomen. Dat weet jij ook heel goed. Je hebt tijd genoeg gehad om erover na te denken in de tropen, en later in je huis vlak bij Londen. Eenenveertig jaar is een lange tijd. Je hebt er goed over nagedacht, nietwaar? Maar je bent toch teruggekomen, want je kon niet anders. En ik heb op je gewacht, want ik kon niet anders. En we wisten allebei dat we elkaar nog één keer zouden ontmoeten, en dat het dan afgelopen was. Het leven, en uiteraard alles wat ons leven tot dan inhoud en spanning gaf. Want in een geheim zoals tussen jou en mij schuilt een bijzondere kracht. Het verschroeit het weefsel van het leven als een kwaadaardige straling, maar geeft tegelijk een spanning, een verhoogde temperatuur aan het leven. Het dwingt je om te leven. Zolang je iets te doen hebt op aarde, blijf je leven. Ik zal je vertellen wat ik in de afgelopen eenenveertig jaar ervaren heb, alleen in het bos, terwijl jij in de tropen was en in de wereld verkeerde. Eenzaamheid is ook nogal curieus... soms als een oerwoud, vol gevaren en verrassingen. Ik ken haar in alle varianten. De verveling, die je vergeefs probeert te verdrijven met een kunstmatig gestructureerd leven. Dan de plotselinge uitbarstingen. Eenzaamheid is even geheimzinnig als de jungle,' herhaalt hij koppig. 'Een mens leeft volgens een strenge discipline, en op een dag maakt hij amok, zoals jouw Maleiers. Hij is omgeven door kamers, titel en rang, een waanzinnig strikte levenswijze. En op een dag breekt hij eruit en rent weg met een wapen in zijn hand of ongewapend... en dat is bijna nog gevaarlijker. Hij rent de wereld in, met die starre blik in zijn ogen; zijn kameraden, zijn oude vrienden gaan hem uit de weg. Hij gaat naar grote steden, koopt vrouwen, alles ontploft om hem heen, hij zoekt en vindt overal strijd. En ik zeg je, dit is nog niet het ergste. Misschien wordt hij al hollend neergeknuppeld als een schurftige, dolle hond. Misschien knalt hij tegen een muur, botst hij tegen duizend hindernissen van het leven op en breekt hij in gruzelementen. Erger is wanneer iemand deze drift, die door de eenzaamheid is opgehoopt, in zich onderdrukt. Hij rent nergens heen. Hij doodt niemand. Wat doet hij? Hij leeft, hij wacht, hij bewaart de orde. Hij leeft als een kloosterling, volgens een heidense, wereldse orde. Een mens die zijn ziel en zijn lot heeft overgegeven aan eenzaamheid, heeft geen geloof. Hij wacht alleen maar. Hij wacht op de dag of het uur waarop hij alles wat hem tot eenzaamheid heeft gedwongen nog eens kan bespreken met diegene die hem zo ver heeft gebracht. Hij bereidt zich voor op dit moment, tien jaar lang of veertig jaar lang, zoals duellisten zich op een duel voorbereiden. Hij regelt alles in zijn leven, opdat hij niemand iets verschuldigd is als hij sneuvelt in het duel. En hij oefent elke dag, zoals beroepszwaardvechters dat doen. Waarmee oefent hij? Met zijn herinneringen, opdat de eenzaamheid en de roes van de tijd geen verzoening zouden brengen in zijn geest en in zijn hart. Want er is een duel in het leven, zonder zwaarden, dat de moeite waard is zich er grondig op voor te bereiden. Dat is het gevaarlijkst. Maar op een dag is het moment aangebroken. Denk jij er ook zo over?' vraagt hij hoffelijk.

'Ja, precies zo,' zegt de gast. Hij kijkt naar de as van zijn sigaar.

'Ik ben blij dat jij er ook zo over denkt,' zegt de generaal. 'Dit wachten doet leven. Uiteraard heeft het een termijn, zoals alles in het leven. Als ik niet geweten had dat je op een dag terug zou komen, zou ik zelf op weg gegaan zijn, gisteren of twintig jaar geleden, om je te vinden, in je huis bij Londen of in de tropen tussen de Maleiers of op de bodem van de hel. Want ik had je gevonden, dat weet je heel goed. Dat wat er werkelijk toe doet, weten we kennelijk. Je hebt gelijk, we weten het, ook zonder telefoon en radio. In mijn huis is geen telefoon, alleen beneden, in het kantoor van de rentmeester, en ik heb geen radio, want ik heb verboden om het smerige en stompzinnige geruis van de wereld binnen te laten in de kamers waar ik woon. De wereld kan me niets meer doen. Nieuwe wereldordes kunnen de levenswijze vernietigen waarin ik geboren ben en geleefd heb, krachten van oproer en agressie kunnen me doden, me mijn vrijheid en mijn leven ontnemen. Dat maakt allemaal niets uit. Wat er wel toe doet is dat ik geen compromissen sluit met de wereld, die ik heb leren kennen en uit mijn leven heb gebannen. En toch, ook zonder moderne hulpmiddelen, wist ik dat je leefde en op een dag naar me terug zou komen. Ik heb dit ogenblik niet bespoedigd. Ik wilde het afwachten, zoals men de orde en de tijd van de dingen afwacht. Nu is het gekomen.'

'Wat wil je hiermee zeggen?' vraagt Konrád. 'Ik ben weggegaan, en ik had daar het recht toe. Misschien had ik er ook reden toe. Het is waar, ik ben plotseling vertrokken, zonder afscheid. Je moet gevoeld en geweten hebben dat ik niet anders kon, dat ik dit moest doen.'

'Je kon niet anders?' vraagt de generaal en hij tilt zijn hoofd op. Zo kijkt hij met priemende ogen naar de gast, als naar een voorwerp. 'Daar gaat het nu precies om. Daar peins ik al een hele tijd over, welgeteld eenenveertig jaar.'

En als de ander zwijgt: 'Nu ik oud ben, denk ik vaak terug aan mijn kinderjaren. Men zegt dat het een natuurlijk proces is. Men herinnert zich het begin krachtiger en helderder wanneer het einde nadert. Ik zie gezichten en hoor geluiden. Ik zie het moment dat ik in de tuin van het instituut jou aan mijn vader voorstel. Hij heeft jou toen als zijn vriend aangenomen omdat je míjn vriend was. Hij nam niet gemakkelijk iemand als vriend aan. Maar wat hij zei, daar kon men op rekenen, tot aan zijn dood. Herinner je je dat moment nog? We stonden onder de kastanjebomen, voor de grote opgang, en mijn vader reikte jou zijn hand. "Je bent de vriend van mijn zoon," zei hij. "Jullie moeten de waarde beseffen van deze vriendschap," zei hij nog ernstig. Ik denk dat dit woord het allerbelangrijkste voor hem was. Luister je? Dankjewel. Dan zal ik het vertellen. Wees niet ongerust, de wagen wacht op je, als je weg wilt. Maak je geen zorgen, je hoeft hier niet te blijven slapen als je niet wilt. Ik bedoel, misschien zou het onaangenaam voor je zijn om hier te blijven slapen. Maar als je dat wenst, kun je hier ook wel overnachten,' zegt hij onverschillig, terloops.

En als de ander een afwijzend gebaar maakt: 'Zoals het je belieft. De wagen staat te wachten. Hij zal je terugbrengen naar de stad, je kunt morgenvroeg afreizen, naar je huis in de buurt van Londen, of naar de tropen, waarheen je maar wilt. Maar eerst wil ik dat je naar me luistert.'

'Ik zal naar je luisteren,' zegt de gast.

'Dankjewel,' zegt hij, levendiger. 'We zouden het ook ergens anders over kunnen hebben. Twee oude vrienden hebben veel herinneringen als hun leven ten einde loopt. Maar nu je hier bent, zullen we het alleen over de waarheid hebben. Ik ben begonnen met mijn vader, die jou als vriend aannam. Je weet heel goed wat dat bij hem betekende; je wist heel goed dat degene die hij de hand gereikt had tot zijn dood op hem kon rekenen, in nood, ellende en rampspoed, bij alle tegenslagen van het leven. Hij reikte weliswaar zelden de hand, maar dan ook onvoorwaardelijk. Zo reikte hij jou de hand op de binnenplaats van het instituut, onder de kastanjebomen. We waren toen twaalf jaar oud. Dat was het laatste moment van onze kindertijd. Soms zie ik 's nachts dit ogenblik scherp voor me, evenals al het andere wat belangrijk is geweest in het leven. Voor mijn vader betekende het woord "vriendschap" hetzelfde als eer. Je wist dat heel goed, je kende hem immers. En laat me je vertellen dat het voor mij misschien nog meer betekend heeft. Neem me niet kwalijk als het misschien ongemakkelijk voor je is wat ik nu ga zeggen,' zegt hij zacht, bijna warm.

'Het is niet ongemakkelijk,' zegt Konrád even zacht. 'Zeg het.'

'Het zou prettig zijn om te weten,' zegt hij, alsof hij met zichzelf redetwist, 'of vriendschap wel bestaat. Ik bedoel niet die blijdschap van voorbijgaande aard die twee mensen voelen als ze elkaar ontmoeten, omdat ze in een bepaalde fase van hun leven over sommige dingen hetzelfde denken, omdat hun smaak dezelfde is of omdat hun liefhebberijen overeenkomen. Dat is allemaal geen vriendschap. Soms denk ik bijna dat deze band de sterkste is in het leven... misschien is hij daarom zo zeldzaam. En wat ligt er aan de basis? Sympathie? Een leeg, loos woord, waarvan de inhoud nooit sterk genoeg kan zijn om te bewerkstelligen dat twee mensen in crisissituaties voor elkaar opkomen, slechts op basis van sympathie. Of is het soms iets anders? Is er misschien een sprankje Eros in elke menselijke relatie? Terwijl ik hier in de eenzaamheid van het bos alle dingen van het leven trachtte te begrijpen, omdat ik niets anders te doen had, dacht ik dat soms. Vriendschap is natuurlijk wat anders dan de ziekelijke neigingen van mensen die een tegennatuurlijke bevrediging zoeken bij hetzelfde geslacht. De Eros van vriendschap heeft het lichaam niet nodig... het staat hem eerder in de weg dan dat het hem opwindt. Maar het is toch Eros. Aan de basis van elke vorm van liefde, van elke menselijke relatie, staat Eros. Weet je, ik heb veel gelezen,' zegt hij verontschuldigend. 'Tegenwoordig wordt hier veel vrijer over geschreven. Ook Plato heb ik steeds herlezen, want op school begreep ik hem nog niet. Vriendschap, zo meende ik – jij, die meer in de wereld hebt verkeerd, weet hier vast meer over en andere dingen dan ik in mijn dorpse eenzaamheid –, is de meest edele vorm van contact tussen mensenkinderen. Interessant genoeg kennen dieren deze ook. Er is ook vriendschap tussen dieren, onbaatzuchtigheid, hulpvaardigheid. Een Russische prins heeft hierover geschreven, ik weet zijn naam niet meer. Er zijn leeuwen en auerhanen, levende wezens in alle soorten en maten, die hun ongelukkige soortgenoten in nood proberen te helpen, ja, ik heb zelf gezien dat ze soms zelfs dieren van een andere soort helpen. Heb je zoiets wel eens opgemerkt in het buitenland? Daar is vriendschap vast anders, meer ontwikkeld, moderner dan bij ons, in deze achtergebleven wereld. Levende wezens organiseren onderlinge hulp... soms kunnen ze de hindernissen bij het bieden van hulp moeilijk overwinnen, maar in elke levende gemeenschap zijn altijd sterke wezens die geneigd zijn tot hulpvaardigheid. Honderden voorbeelden heb ik daarvan gezien in de dierenwereld. Onder de mensen heb ik er minder voorbeelden van gezien. Om precies te zeggen: ik heb er niet één gezien. De gevoelens van sympathie die voor mijn ogen tussen mensen ontstonden, verzonken steeds in het slijk van zelfzucht en ijdelheid. Het hebben van een kameraad of een kompaan lijkt soms op vriendschap. Gemeenschappelijke belangen scheppen soms situaties tussen mensen, die op vriendschap lijken. Ook voor de eenzaamheid vluchten mensen vaak in allerlei vertrouwelijkheden, waar ze meestal spijt van krijgen, maar waarvan ze even, voor zolang als het duurt, kunnen denken dat deze vertrouwelijkheid al een soort vriendschap is. Dit is natuurlijk allemaal niet echt. Ik stel me voor – mijn vader verstond dat nog eronder –, dat vriendschap een dienst is. Evenmin als iemand die verliefd is, verwacht de vriend een beloning voor zijn gevoelens. Hij wil geen wederdienst en ziet degene die hij tot zijn vriend heeft uitverkoren niet als een onwerkelijk wezen, hij kent diens fouten, en accepteert hem zo, inclusief alle gevolgen. Dat zou het ideaal zijn. En inderdaad: is het leven, het menszijn de moeite waard zonder een dergelijk ideaal? En als een vriend het aflegt, omdat hij geen echte vriend is, kunnen we hem dan wel zijn karakter, zijn zwakte verwijten? Wat is een vriendschap waard waarbij we alleen van de deugden, de trouw en de standvastigheid van de ander houden? Wat is liefde waard die op een beloning aast? Is het niet onze plicht om de trouweloze vriend evengoed te accepteren als een vriend die opofferingsgezind en trouw is? Is dat niet de ware essentie van elke menselijke relatie, de onbaatzuchtigheid, waarbij iemand niets van de ander wil of verwacht, en hoe meer hij geeft, des te minder hij verwacht? En als hij de ander alle vertrouwen van de jeugd, alle opofferingsgezindheid van de jaren van de volwassenheid schenkt, en uiteindelijk hem het hoogste geeft wat een mens een ander mens kan geven: blind, onvoorwaardelijk, hartstochtelijk vertrouwen, en dan moet zien dat de ander ontrouw en laaghartig is, heeft hij dan wel het recht om gekrenkt te zijn en wraak te eisen? En als hij wel gekrenkt is en om wraak schreeuwt, is hij dan wel een echte vriend geweest, degene die bedrogen en in de steek gelaten is? Zie je, met zulke theoretische vragen hield ik me bezig toen ik alleen bleef. De eenzaamheid gaf natuurlijk geen antwoord. De boeken gaven ook geen volmaakt antwoord. Noch de oude boeken, de werken van de Chinese, joodse en Latijnse denkers, noch de nieuwe, waarin de woorden niets verbloemen, maar die de waarheid toch niet dichterbij brengen? Maar heeft iemand ooit de waarheid gezegd of opgeschreven? Daar heb ik ook veel over nagedacht, toen ik op een dag begon te zoeken in mijn ziel en in de boeken. De tijd verstreek; de herinneringen stapelden zich op en verdichtten zich. En ieder boek bevatte een sprankje waarheid, en elke herinnering antwoordde daarop dat het nutteloos was om de ware aard van menselijke relaties te kennen: van kennis werd je niet wijzer. Daarom hebben we niet het recht om onvoorwaardelijke eerlijkheid en trouw te eisen van degene die we als vriend hebben aangenomen, ook niet als de gebeurtenissen hebben uitgewezen dat deze vriend ontrouw is geweest.'

'Ben je er helemaal zeker van,' vraagt de vriend, 'dat deze vriend ontrouw is geweest?'

Nu zwijgen ze lange tijd. Ze zijn klein in de duisternis, in het rusteloze licht van de kaarsvlammen; twee ineengeschrompelde oude mannetjes zitten elkaar aan te kijken; ze zijn ternauwernood zichtbaar in het halfduister.

'Ik ben er niet helemaal zeker van,' zegt de generaal. 'Daarom ben je hier. Daar hebben we het over.'

Hij leunt achterover in de stoel, vouwt zijn armen met een rustige, beheerste beweging. Dan spreekt hij als volgt: 'Want er is de feitelijke waarheid. Dit en dat is er gebeurd. Zus en zo is het gebeurd. Toen en toen is het gebeurd. Deze waarheid is niet moeilijk te achterhalen. De feiten spreken, zoals men pleegt te zeggen, en tegen het einde van het leven klikken en schreeuwen de feiten, luider dan verdachten op de pijnbank. Aan het eind is alles gebeurd en dat kan men niet misverstaan. Maar de feiten zijn soms niets meer dan schamele gevolgen. De zonde begaat men niet door datgene wat men doet maar door de intentie achter de daad. De intentie is alles. De grote oude religieuze rechtssystemen, die ik heb bestudeerd, weten en verkondigen dit. Een mens kan ontrouw zijn, een vuige daad begaan, zelfs een moord plegen – de ergste misdaad – en vanbinnen zuiver blijven. De daad is nog niet de waarheid, slechts een gevolg; en wie op een dag rechter is en een vonnis wil vellen, kan geen genoegen nemen met het politierapport, men moet dat achterhalen wat de juristen het motief noemen. Het feit van jouw vlucht is gemakkelijk te begrijpen. De reden ervan niet. Je zult wel geloven dat ik in de afgelopen eenenveertig jaar alle mogelijkheden heb opgeworpen en onderzocht, die deze onbegrijpelijke stap zouden verklaren. En geen van de veronderstellingen gaf me antwoord. Alleen de waarheid kan antwoord geven,' zegt hij.

'Je hebt het over vlucht,' zegt Konrád. 'Dat woord is te sterk. Ik was tenslotte niemand iets verschuldigd. Ik deed afstand van mijn rang, zoals het hoort. Ik had geen dubieuze schulden, ik had niemand iets beloofd waar ik me niet aan hield. Vlucht, een sterk woord,' zegt hij ernstig, en hij recht zijn rug.

Maar aan de trilling in zijn stem is te horen dat de emotie die zijn toon op dit ogenblik somber kleurt, niet helemaal oprecht is.

'Het woord is misschien wel sterk,' zegt de generaal met een instemmend gebaar. 'Maar als je vanaf deze afstand kijkt naar wat gebeurd is, moet je toegeven dat het moeilijk is om een milder, vriendelijker woord te vinden. Je zegt dat je niemand iets verschuldigd was. Dat is waar en niet waar. Je had geen schulden bij je kleermaker of bij de woekeraars in de stad. Mij was je ook geen geld verschuldigd, of iets wat je me beloofd zou hebben. En toch, op het moment dat je op die bewuste dag in juli – je ziet, ik herinner me zelfs de dag, het was een woensdag – de stad verliet, wist je dat je er een schuld achterliet. Die avond ging ik naar je huis, want ik had gehoord dat je was vertrokken. Ik kwam er tegen zonsondergang achter, onder eigenaardige omstandigheden. Daar kunnen we het ook wel eens over hebben, als je wilt. Ik ging naar je huis, waar ik alleen je oppasser nog aantrof. Ik vroeg hem om me alleen te laten in je kamer, waar je de laatste jaren doorgebracht had toen je hier in de stad diende, vlak bij ons.'

Nu zwijgt hij. Hij leunt achterover in de fauteuil en bedekt zijn ogen met zijn handpalmen, alsof hij in het verleden kijkt. Hij vervolgt op rustige, uiteenzettende toon: 'De oppasser gehoorzaamde mijn bevel natuurlijk, hij kon niet anders. Ik bleef alleen in de kamer waar jij had gewoond. Ik bekeek alles goed... vergeef me deze indiscrete nieuwsgierigheid. Maar op de een of andere manier kon ik de werkelijkheid niet geloven, ik wilde niet geloven dat de man met wie ik een groot deel van mijn leven heb doorgebracht, tweeëntwintig jaar om precies te zijn, de kinderjaren, de jeugd en dan de mooiste jaren van de volwassenheid, weggelopen was. Ik probeerde verontschuldigingen te vinden, ik dacht dat je misschien ernstig ziek was, of ik hoopte dat je waanzinnig geworden was, of dat je achtervolgd werd, misschien had je verloren met kaarten, of een vuige daad begaan tegen het regiment, tegen het vaandel, of je woord en je eer geschonden. Zo bleef ik hopen. Ja, je moet niet verbaasd zijn, in die tijd leek dit me allemaal minder ernstig dan datgene wat je gedaan hebt. Alles zou ik als excuus en verklaring beschouwd hebben, zelfs ontrouw aan de idealen van de wereld. Slechts één ding kon ik niet verklaren: dat je tegen mij een misdaad had begaan. Dat kon ik niet begrijpen. Daarvoor was geen excuus. Je was weggegaan als een oplichter, een insluiper, een dief, je was weggegaan nadat je enkele uren daarvoor nog met ons samen was geweest, met Krisztina en mij, in het kasteel, waar we de uren van de dag en soms de nacht samen doorbrachten, jaren- en jarenlang, in een vertrouwen en intimiteit die alleen tweelingen kennen, die bijzondere wezens die door een gril van de natuur in leven en dood aan elkaar vastzitten. Tweelingen, weet je wel, die, ver van elkaar verwijderd, ook op volwassen leeftijd alles van de ander weten. Een curieuze biologische wet schrijft voor dat ze tegelijk ziek worden, aan dezelfde ziekten lijden, al woont de een in Londen en de ander ver weg, in een vreemd land. Ze schrijven elkaar niet, ze praten niet met elkaar, ze leven onder verschillende omstandigheden, ze wonen anders, ze eten ander voedsel, ze zijn door duizenden kilometers van elkaar gescheiden. En toch, als ze dertig of veertig jaar oud zijn, krijgen ze dezelfde ziekte, onder dezelfde condities van genezing en dood, bijvoorbeeld de galziekte of een blindedarmontsteking. De twee lichamen staan in een organische verbinding met elkaar, zoals in de moederschoot... En ze voelen liefde en haat voor dezelfde persoon. Dat komt voor in de natuur. Niet vaak... maar misschien ook niet zo zelden als men meestal denkt. En ik heb ook weleens gedacht dat vriendschap misschien wel net zo noodlottig is als de band tussen tweelingen. Een bijzondere overeenkomst in de aanleg, in de sympathieën, de smaak, de culturele ontwikkeling en de gemoedsbewegingen bindt twee mensen samen in hetzelfde noodlot. De een kan de ander wel de vreselijkste dingen aandoen, toch hebben ze een gemeenschappelijke lotsbestemming. De een kan voor de ander op de vlucht slaan, toch weten ze in essentie alles over elkaar. De een kan een nieuwe vriend of geliefde kiezen, maar zonder de geheime, ongeschreven toestemming van de ander kan hij zich niet uit die band losmaken. Het lot van zulke mensen voltrekt zich parallel, al gaat de een ver weg van de ander, heel ver, bijvoorbeeld naar de tropen. Daar dacht ik aan, verstrooid, toen ik op de dag van jouw vlucht in je kamer stond. Ik zie dat moment scherp voor me, het licht in de kamer, ik ruik nog steeds de zware geur van Engelse tabak, ik zie de meubels, de divan met het grote oosterse kleed, de ruiterschilderijen aan de muur. Ik herinner me zelfs een donkerrode leren fauteuil van het type dat gewoonlijk in de rookkamer staat. De divan was groot, het was te zien dat je hem speciaal had laten maken, zoiets werd in onze streek niet verkocht. Het was eigenlijk geen divan, meer een tweepersoonsbed.'

Hij kijkt naar de rook.

'Het raam keek uit op de tuin. Herinner ik het me goed? Ik was er toen voor de eerste en laatste keer. Je wilde nooit dat ik je kwam opzoeken. Je had terloops verteld dat je een huis had gehuurd aan de rand van de stad, in een verlaten buurt, een huis met een tuin. Je had dit huis gehuurd drie jaar voor je vlucht... neem me niet kwalijk, ik zie dat je dat woord niet graag hoort.'

'Ga door,' zegt de gast. 'Woorden doen er niet toe. Ga door, nu je eenmaal begonnen bent.'

'Denk je?' vraagt de generaal op een onschuldige, informerende toon. 'Denk je dat woorden er niet toe doen? Dat zou ik niet zo stellig durven beweren. Soms denk ik zelfs dat woorden er heel veel toe doen, woorden die iemand op tijd uitspreekt of verzwijgt of misschien wel opschrijft. Ja, daar geloof ik in,' zegt hij nu gedecideerd. 'Je had me nooit in dat huis uitgenodigd en ik kon je er niet ongevraagd opzoeken. Eerlijk gezegd dacht ik dat je je schaamde tegenover mij, een rijke man, voor deze woning waarvan je zelf het meubilair had aangeschaft. Misschien vond je het ameublement te armoedig... Je was een zeer trots mens,' zegt hij op besliste toon. 'Het enige wat ons in onze jonge jaren scheidde, was geld. Je was een trots mens en je kon mij niet vergeven dat ik rijk was. Later, toen het leven voorbijging, dacht ik dat rijkdom misschien ook niet te vergeven was. De rijkdom waarin je permanent te gast was, was zo overdreven... Ik was erin geboren, en zelfs ik had af en toe het gevoel dat hij niet te vergeven was. En jij was altijd heel gevoelig voor het verschil tussen ons inzake geld en liet dat ook merken. De armen, met name de armen van stand, vergeven nooit,' zegt hij, met een vreemdsoortige tevredenheid in zijn stem. 'Daarom dacht ik dat je de woning misschien voor me verborgen hield omdat je je schaamde voor het eenvoudige meubilair. Die veronderstelling was dom, dat zie ik nu wel in, maar jouw trots was grenzeloos. En op een dag stond ik dan in het huis dat jij had gehuurd en ingericht en dat je me nooit had getoond; ik stond in jouw kamer. Ik stond versteld en kon mijn ogen niet geloven. Die woning, je weet het wel, was een kunstwerk. Het huis was niet groot, één ruime kamer op de begane grond, twee kleine kamertjes op de eerste etage, maar de tuin, de kamers, de meubels, alles was zoals alleen een kunstenaar zijn huis kan inrichten. Toen begreep ik dat je werkelijk een kunstenaar was. En ik begreep ook hoezeer jij een vreemdeling was onder ons, andersoortige mensen. En wat een grote misdaad diegenen begaan hebben, die jou uit liefde en ambitie soldaat hebben laten worden. Nee, je was geen soldaat – en ik begreep de diepe eenzaamheid waarin je temidden van ons leefde. En dat huis was je schuilplaats, zoiets als een slot of een klooster voor de eenzame zielen in de Middeleeuwen. En zoals een piraat geroofde waar vergaart, zo bracht je daar alles bijeen wat mooi en edel is: gordijnen en tapijten, oud brons en zilver, kristal en meubels, zeldzame stoffen... Ik weet dat in die jaren je moeder was gestorven, en jij had ook een erfenis gekregen van de Poolse verwanten van je familie. Je had het er ooit over gehad dat ergens bij de Russische grens een landhuis en een landgoed waren en dat dat huis eens van jou zou zijn. Dat was dus het landhuis en het landgoed, ingeruild voor meubels en schilderijen als wisselmunt, de inrichting van deze drie kamers. En die grote vleugel midden in de zaal beneden, afgedekt met een oude brokaten doek met een kristallen vaas erop, waarin drie orchideeën stonden. In deze omgeving worden alleen in mijn kassen orchideeën gekweekt. Ik betrad alle kamers en bekeek alles grondig. Ik begreep dat jij, hoewel je bij ons leefde, niet bij ons hoorde. Ik begreep dat je dit kunstwerk, deze woning, in het geheim had gebouwd, met al je krachten, koppig, en dat je dit bijzondere thuis, waarin je je opsloot om voor jouw kunst te leven, voor de wereld verborgen hield. Want je was een kunstenaar, en je had misschien ook wel iets kunnen scheppen,' zegt hij, alsof hij geen tegenspraak duldt. 'Dat begreep ik allemaal, temidden van de zeldzame meubels van het verlaten thuis. En op dat ogenblik trad Krisztina binnen.'

Hij vouwt zijn armen voor zijn borst en praat gelaten en gelijkmoedig alsof hij op het politiebureau de omstandigheden van een ongeval dicteert.

'Ik stond voor de piano en keek naar de orchideeën,' zegt hij dan. 'Die woning was als een vermomming. Of was het uniform een vermomming voor je? Jij bent de enige die hierop antwoord kan geven, en nu alles voorbij is, heb je dat ook gedaan, met jouw leven. Op de belangrijkste vragen geeft de mens uiteindelijk met zijn hele leven antwoord. Het maakt niet uit wat hij tussendoor zegt, welke woorden en argumenten hij aanvoert om zich te verdedigen. Aan het eind, als alles voorbij is, geeft hij met de feiten van zijn leven antwoord op de vragen die de wereld zo hardnekkig aan hem blijft stellen. Die vragen luiden: Wie ben jij? Wat wilde je echt? Waartoe was je werkelijk in staat? Waaraan was je trouw en ontrouw? Waarvoor of voor wie was je moedig genoeg of te laf? Dat zijn de vragen. En een mens geeft antwoord naar beste kunnen, eerlijk of leugenachtig; maar dat is niet zo belangrijk. Wat wel belangrijk is, is dat hij uiteindelijk met zijn hele leven antwoordt. Jij hebt het uniform afgelegd omdat je het als een vermomming ervoer, dat is duidelijk geworden. Ik heb het gehouden tot het laatste ogenblik, zolang de dienst en de wereld dat van me eisten; en ik heb ook antwoord gegeven. Dit was één vraag. De andere is: wat was er tussen ons? Was jij mijn vriend? Jij liep tenslotte weg. Je ging weg zonder afscheid, al was het niet helemaal zonder afscheid, want de dag daarvoor, bij de jacht, was er iets gebeurd waarvan ik de betekenis pas later kon bevatten, en dat was al het afscheid. We weten zelden welk woord of welke handeling een noodlottige, onherroepelijke verandering teweegbrengt in de menselijke relaties. En waarom ging ik eigenlijk naar je toe die dag? Je had me niet gevraagd te komen, je had geen afscheid genomen, me geen bericht gestuurd. Wat zocht ik in dat huis, waar je me nooit had uitgenodigd, uitgerekend op de dag waarop je hier voor altijd wegging? Welke informatie deed mij in het rijtuig stappen en haastig naar de stad rijden, naar je huis, dat toen al leeg was? Wat was ik de dag ervoor tijdens de jacht te weten gekomen? Was er geen aanwijzing geweest? Had ik geen vertrouwelijke boodschap gekregen, geen waarschuwing of melding dat je zou vluchten? Nee, iedereen zweeg, zelfs Nini – herinner je je de oude min nog? Zij wist alles over ons. Of ze nog leeft? Ja, ze leeft nog, op haar eigen wijze. Ze leeft zoals deze boom hier voor het raam, die mijn overgrootvader nog geplant heeft. Zoals alle levende wezens heeft ze een tijd die ze vol moet maken. Zij wist het. Maar zij zei ook niets. Ik was volkomen alleen in die dagen. En toch wist ik dat dat het ogenblik was waarop de tijd rijp was, waarop alles duidelijk zou worden, en alles en iedereen op zijn plek terecht zou komen, jij, ik, iedereen. Ja, ik kwam er tijdens de jacht achter,' zegt hij op een toon waarop men herinneringen ophaalt, alsof hij antwoord geeft op een vraag die hij zichzelf vaak gesteld heeft. Dan zwijgt hij.

'Waar kwam je tijdens de jacht achter?' vraagt Konrád.

'Het was een mooie jacht,' zegt hij, bijna warm, als iemand die in gedachten alle details van een mooie herinnering opnieuw beleeft. 'Het was de laatste grote jacht in dit bos. Toen waren er nog jagers, echte jagers... misschien zijn ze er nog steeds, ik weet het niet. Ik jaagde voor de laatste keer in mijn bos. Sindsdien komen er wel mensen met geweren, gasten die door de rentmeester worden ontvangen, en die met hun wapens lopen te knallen in het bos. De jacht, de echte jacht, was anders. Jij kunt dat niet begrijpen, want jij bent nooit een echte jager geweest. Voor jou was de jacht een plicht, iets wat je aan je stand en je beroep verplicht was, zoals paardrijden of het gezelschapsleven. Jij ging jagen, maar alleen omdat je berustte in een maatschappelijke formaliteit. Jij jaagde met minachting op je gezicht. Ook het geweer droeg je achteloos, als een wandelstok. Jij kende deze bijzondere passie niet, het grootste geheim in het leven van een man, de hartstocht die achter al zijn rollen, kleren en beschaving leeft in de zenuwen van elke man, zo diep als het eeuwige vuur in de aarde. Deze passie is het verlangen om te doden. We zijn mensen, het is een bevel van ons leven om te doden. Het kan niet anders... We doden om iets te beschermen, om iets te verwerven, om iets te wreken. Je glimlacht? Je lacht minachtend? Je bent kunstenaar geweest, in jouw ziel zijn zulke lage, grove instincten getransformeerd tot iets subtiels? Jij denkt dat je nog nooit een levend wezen hebt gedood? Dat is in het geheel niet zo zeker,' zegt hij streng en objectief-zakelijk. 'Nu is de avond aangebroken waarop het alleen nog zin heeft om over de waarheid en de essentie te spreken, omdat deze avond geen voortzetting zal hebben en misschien door niet veel avonden en dagen meer gevolgd zal worden... ik bedoel, er zal niets op volgen wat uitzonderlijke zin heeft. Misschien kun je je nog herinneren dat ik lang geleden ook naar het Oosten op reis ben geweest; dat was tijdens mijn huwelijksreis met Krisztina. We reisden rond bij de Arabieren, we waren in Bagdad te gast bij een Arabische familie. Dat zijn zeer voorname mensen, jij als reiziger zult dat wel weten. Hun fierheid, menselijke trots, hun gedrag, hun hartstocht en kalmte, de discipline van hun lichaam en de zelfbewustheid van hun bewegingen, hun spelen en hun oogopslag, alles weerspiegelt een oude voornaamheid, van die andere soort, van toen de mens in de chaos van de schepping voor het eerst zijn menselijke waardigheid besefte. Volgens een bepaalde theorie is de mensenwereld daar ergens begonnen aan het begin der tijden, voor het ontstaan van de volkeren, stammen en culturen, daar diep in de Arabische wereld. Misschien zijn ze daarom zo trots. Ik weet het niet. Ik heb daar geen verstand van... Maar van trots weet ik wel iets, en zoals de mensen ook zonder uiterlijke kenmerken van elkaar aanvoelen dat ze van hetzelfde bloed en dezelfde rang zijn, zo voelde ik die weken in het Oosten dat het allemaal voorname mensen waren, ook de smerige kameeldrijvers. Zoals gezegd, woonden we bij inboorlingen, in een paleisachtig huis; op aanbeveling van onze ambassadeur waren we bij een familie daar te gast. Die koele witte huizen... ken je ze? Het grote erf, waar het leven van de familie en de stam zich doorlopend afspeelt en dat tegelijk markt, parlement en gebedsruimte is... dat slenteren en die gretige begeerte in al hun bewegingen. Dat waardige en agressieve nietsdoen, waarachter de levenslust en de passie zich verbergen als een slang tussen de zonovergoten, bewegingloze stenen. Op een avond werden ter ere van ons bezoek gasten uitgenodigd, Arabische gasten. Tot dan toe werden we op bijna Europese wijze onthaald, de gastheer was rechter en smokkelaar, een van de rijkste mannen van de stad. In de gastenkamers stonden Engelse meubels, de badkuip was van puur zilver. Maar die avond kregen we iets te zien. Na zonsondergang arriveerden de gasten, allen mannen, heren en bedienden. Het vuur brandde al midden op het erf, met bijtende rook, de walm van kamelenuitwerpselen, die de ogen irriteerde. Iedereen ging doodstil zitten rond het vuur. Krisztina was de enige vrouw onder ons. Toen werd een lam gebracht, een wit lam; de gastheer nam het mes en met een beweging die ik niet kan vergeten, sneed hij het de keel door. Die beweging kan men niet leren, het is een oosterse beweging, uit de tijd dat het doden nog een symbolische, religieuze betekenis had, dezelfde essentiële betekenis als een offergave. Zo hief Abraham het mes tegen Izaäk toen hij een offer wilde brengen, met die beweging werden in de oude tempels de offerdieren geslacht voor het altaar, voor het afgodsbeeld, het symbool van de godheid, en met die beweging werd het hoofd van Johannes de Doper afgehouwen... Het is een zeer oude beweging. In het Oosten sluimert het in de hand van elke man. Misschien is de mens met die beweging mens geworden, toen hij zich afscheidde van het tussenwezen dat hij was, tussen dier en mens in... volgens de antropologie is de mens begonnen met het buigen van zijn duim, zodat hij kon grijpen en een wapen of werktuig kon vastpakken. Maar misschien is het ook wel met zijn geest begonnen, niet met zijn duim; het zou kunnen, ik weet het niet... De Arabische heer sneed het lam de keel door, en op dat moment leek die man op leeftijd in zijn witte boernoes, waar geen druppel bloed op gevallen was, werkelijk op een oosterse hogepriester die een offer brengt. Maar zijn ogen schitterden, de man werd heel even weer jong, en om hem heen was het doodstil. Ze zaten rond het vuur, keken naar de beweging van het doden, naar de flikkering van het mes, het stuiptrekkende lichaam van het lam en het in stralen gutsende bloed, en alle ogen schitterden. En toen begreep ik dat deze mensen nog heel dicht bij de daad van het doden leven; bloed is bekende materie voor ze, en de flikkering van het mes is een even vanzelfsprekend verschijnsel voor ze als de glimlach van een vrouw of de regen. We begrepen – en ik denk dat Krisztina het ook begreep, want zij was bijzonder stil in die ogenblikken, ze kreeg rode wangen en werd daarna bleek, ze ademde zwaar, en draaide haar hoofd weg, alsof ze ongewild getuige was geweest van een hartstochtelijke, zinnelijke scène – we begrepen dat men in het Oosten nog de sacrale, symbolische betekenis van het doden kende, en ook de geheime, zinnelijke betekenis. Want ze glimlachten allemaal, deze donkere, edele gezichten, ze tuitten hun lippen en keken met een grijns van vervoering voor zich uit, alsof het doden iets heets en prettigs was, zoals een kus... Dat dus. Wij zijn natuurlijk westerlingen,' zegt hij op een andere toon, als in een betoog, 'we zijn westerlingen of in elk geval immigranten die hier wonen. Voor ons is doden een juridische en ethische kwestie, of een medische kwestie, in elk geval iets wat toegestaan dan wel verboden is, een haarscherp gedefinieerd verschijnsel binnen een groot ethisch en juridisch stelsel. Wij doden ook, maar we doen het omslachtiger: we doden op de wijze die de wet voorschrijft en toestaat. We doden ter verdediging van hoogstaande idealen en waardevolle menselijke verworvenheden, we doden om de orde van de menselijke samenleving te handhaven. Dat kan ook niet anders. We zijn christenen, we hebben schuldbesef, we zijn gevormd door de westerse beschaving. Onze geschiedenis is tot op heden vol met series massamoorden, maar over het doden spreken we met neergeslagen ogen en op een vrome, berispende toon; we kunnen niet anders, dit is onze rol. Alleen de jacht,' zegt hij, alsof hij plotseling vrolijk wordt. 'Ook daarbij houden we ons aan ridderlijke en praktische regels, we behandelen het wild goed voorzover de toestand in de betreffende streek dat vereist, maar de jacht is nog een offerande, een vervormd en ritueel overblijfsel van een zeer oude religieuze handeling. Want het is niet waar dat de jager doodt voor de prooi. Hij doodde nooit uitsluitend voor de prooi, zelfs niet in de oertijd, toen het een van de weinige manieren voor hem was om aan voedsel te komen. Rond de jacht was er altijd een ritueel, een religieuze ceremonie in stamverband. Een goede jager was altijd de eerste van zijn stam, dus ook een beetje priester. Dat is natuurlijk vervaagd in de loop van de tijd. Maar in een verbleekte vorm zijn de rituelen blijven bestaan. Misschien was er wel niets in mijn leven waar ik zoveel van hield als van die ochtenden van de jacht. Je wordt wakker als het nog donker is, je kleedt je speciaal aan, anders dan op de gewone dagen van het leven, je trekt doelgericht gekozen kledingstukken aan; je ontbijt anders: je zit in de kamer bij lamplicht, je versterkt het hart met brandewijn en neemt er een hapje koud vlees bij. Ik houd van de geur van jachtkleren, het laken heeft zich volgezogen met de geur van het bos, de bladeren, de lucht en het opgespatte bloed, want je had de geschoten vogels aan je riem gedragen en hun bloed had je jagersjas bevuild. Maar is bloed vuil? Ik denk het niet. Het is de edelste stof ter wereld, en als de mens iets groots, iets onzegbaars wilde zeggen aan zijn God, bracht hij hem in alle tijden een bloedoffer. En de olieachtige metaallucht van het geweer. En de ranzige, rauwe geur van de leren spullen. Ik houd van dit alles,' zegt hij, bijna beschaamd, als een oude man die een zwakheid prijsgeeft. 'Dan stap je het huis uit, op het erf staat het jachtgezelschap te wachten, de zon is nog niet op, de honden worden aan de lijn gehouden door de jachtmeester, die zachtjes verslag uitbrengt van de gebeurtenissen van de nacht. Dan stap je in het rijtuig en gaat op weg. Het landschap is reeds aan het ontwaken, het bos rekt zich uit en lijkt met slaperige bewegingen in zijn ogen te wrijven. Alles ruikt zo zuiver, alsof je thuiskomt in een ander land, waar je thuis was aan het begin van het leven en de dingen. Dan stopt de wagen aan de rand van het bos, je stapt uit, je hond en je jager begeleiden je in stilte. Het vochtige gebladerte maakt nauwelijks geluid onder de zolen van je laarzen. De wildpaden zijn vol dierensporen. Nu begint alles om je heen te leven: het licht opent de zoldering van het bos, alsof een geheim mechaniek in werking treedt, de geheimzinnige toneelzolder van de wereld. De vogels beginnen ook al, een ree steekt het bospad over, ver weg, op driehonderd passen afstand; je trekt je terug in het struikgewas en houdt je ogen en oren open. Je hebt de hond bij je, vandaag jaag je niet op reeën. Het dier blijft staan, het ziet je niet en het ruikt niets, want de wind staat in tegengestelde richting, maar toch weet het dat het noodlot nabij is; het heft zijn kop, draait zijn tere hals, zijn lichaam spant zich, en in die magische betovering staat het een ogenblik lang voor je, roerloos, zoals men alleen oog in oog met het noodlot verstijft, machteloos, omdat men weet dat het noodlot geen toeval is en geen ongeval, maar een natuurlijk gevolg van een onberekenbare en moeilijk te begrijpen samenhang. Nu heb je spijt dat je geen kogelwapen hebt meegenomen. Jij deinst ook terug; ook jij, de jager, bent aan dit ogenblik gebonden. In je hand voel je de trilling die even oud is als de mens zelf, de aanleg om te doden, die verboden aantrekking, die passie die sterker is dan alles, die aandrang die goed noch slecht is, maar een geheime aandrang in elk leven:

sterker te zijn dan de ander, beter te zijn, hem de baas te blijven, geen fout te maken. Dat voelt de panter die op het punt staat om te springen, de slang die zich opricht tussen de stenen, de gier die zich van duizend meter hoogte op zijn prooi stort, en de mens die zijn slachtoffer in ogenschouw neemt. Dat voelde jij ook, misschien voor het eerst in je leven, op de uitkijk in het bos, toen je je wapen hief en op mij richtte om me te doden.'

Hij buigt zich over het tafeltje dat tussen hen in staat, voor de haard; hij schenkt zoete brandewijn in een glaasje en proeft de purperkleurige, stroperige vloeistof met het puntje van zijn tong. Dan zet hij het glaasje tevreden terug op de tafel.

14

‘Het was nog donker,’ zegt hij, als de ander geen antwoord geeft. Hij protesteert niet, geen handgebaar of blik geeft aan dat hij de aanklacht gehoord heeft. ‘Het was het ogenblik waarop de nacht zich scheidt van de dag, de onderwereld van de bovenwereld. En misschien komen er ook andere tweedelingen tot stand in zulke ogenblikken. Het is de laatste seconde waarin wereldlijke en menselijke diepte en hoogte, licht en donker nog in contact zijn, wanneer slapers uit hun zware en kwellende dromen ontwaken, wanneer de zieken steunen omdat ze voelen dat de hel van de nacht voorbij is en het lijden overzichtelijker wordt; de stelselmatigheid en het licht van de dag onthullen en splitsen alles wat in de duistere chaos van de nacht krampachtige nieuwsgierigheid was, heimelijke begeerte, maanzieke drift. Jagers en wild zijn dol op dit ogenblik. Het is niet meer donker en het is nog niet licht. De geur van het bos is op dat moment zo rauw, zo woest, alsof elk organisch wezen dat in de grote slaapkamer van de wereld uit zijn slaap ontwaakt zijn geheimen en kwade zuchten uitademt: de planten, de dieren en de mensen. Dan steekt er een wind op, voorzichtig, zoals de zucht van de ontwakende, die zich bewust wordt van de wereld waarin hij geboren is. De geur van het vochtige loof, van de wilde varens, van het bemoste afval van de bomen, van het dauwnatte bospad, bedekt met een zacht, glad tapijt van samengekleefde rotte dennenappels, bladeren en dennennaalden, stijgt op uit de materie van de aarde als de geur van zweet van hartstocht uit de lichamen van minnaars. Het is een geheimzinnig ogenblik, de ouden, de heidenen vierden het in het diepst van het bos, in devotie, met gespreide armen, met hun gezicht naar het oosten, in die mystieke verwachting waarmee de mens, die gebonden is aan de materie, in zijn hart en in de wereld het moment van licht, dus van verstand en inzicht verwacht. Het wild gaat dan op weg naar de bron. Het is het ogenblik waarop de nacht nog niet helemaal ten einde is, in het bos is nog iets aan de gang, de grote jacht en alertheid die het leven van de nachtdieren vult, is nog niet verslapt, de wilde kat staat nog op de loer, de beer vreet nog een laatste stuk van het kadaver; het verliefde hert herinnert zich nog even de hartstochtelijke momenten van de maanverlichte nacht, het blijft staan midden op de open plek waar zich het duel van de liefde heeft afgespeeld, het heft trots zijn bezwete, in de strijd gewonde kop en kijkt om zich heen alsof het zich de hartstocht eeuwig zal herinneren, met van opwinding bloeddoorlopen, ernstige, treurige dierenogen. Diep in het bos leeft de nacht nog in dit ogenblik: de nacht en alles wat dit woord betekent, met het bewustzijn van jagen en gejaagd worden, liefde, zwerven, doelloze levensvreugde en strijd om het leven. Dat is het moment waarop er niet alleen in het bos maar ook in de duisternis van een mensenhart iets gebeurt. Want ook het hart heeft een nacht, met driften die even wild zijn als het jachtinstinct van een wolf of een mannetjeshert. De driften van droom, begeerte, ijdelheid, zelfzucht, hitsige wellust, jaloezie en wraak zijn heimelijk aanwezig in de menselijke nacht zoals de poema, de gier, de jakhals rondsluipen in de nachtelijke woestijn. En er zijn momenten waarop het in het menselijk hart geen nacht meer is maar ook nog geen dag, wanneer de wilde beesten te voorschijn kruipen uit de geheime sluipholen van de ziel, wanneer in ons hart een drift zich roert en tot een beweging van onze hand wordt, een drift die we jarenlang vergeefs hebben trachten te beschaven en te temmen, soms lange, lange jaren... En alles is vergeefs geweest, hopeloos hebben wij de ware betekenis van deze drift voor onszelf ontkend: de werkelijke inhoud ervan is sterker gebleken dan onze wil, hij is massief gebleven en niet gesmolten. Op de bodem van elke menselijke relatie ligt een of andere tastbare stof, en alle argumenten en handige trucs ten spijt, deze werkelijkheid verandert niet. De werkelijkheid was dat jij mij tweeëntwintig jaar lang had gehaat, met een passie waarvan de hittegraad slechts te vergelijken is met de gloed van grote liefdesbetrekkingen. Jij haatte mij, en als een menselijke ziel helemaal vervuld is van een gevoel, een passie, dan is ergens in dat vuur naast het enthousiasme ook de rook en de gloed van wraaklust aanwezig... want hartstocht gebruikt niet de argumenten van het verstand. Voor iemand met passie is het volkomen onverschillig wat hij van de ander krijgt, hij wil zichzelf totaal uitdrukken, zijn wil overbrengen, zelfs als hij er niets anders voor terugkrijgt dan zachtaardige gevoelens, beleefdheid, vriendschap of geduld. Elke grote passie is hopeloos, anders is het geen passie maar een compromis, een verstandelijke overeenkomst, een koehandel van lauwwarme belangen. Jij haatte me, en haat is een even sterke band als liefde. Waarom haatte je me? Ik heb tijd gehad, ik heb geprobeerd om dat gevoel te begrijpen. Je nam nooit geld of geschenken van me aan, je liet niet toe dat deze vriendschap een broederschap werd, en als ik in die tijd niet te jong was geweest, dan had ik moeten weten dat dit een teken aan de wand was. Wie geen stukjes accepteert, wil waarschijnlijk alles, het geheel. Je haatte me reeds in onze kinderjaren, vanaf het allereerste ogenblik dat ik je leerde kennen, in dat merkwaardige huis, waar de uitverkoren exemplaren van de ons bekende wereld werden gekweekt en gedresseerd; je haatte me omdat ik iets had wat jij miste. Wat was dat? Welk talent, welke eigenschap? Jij was altijd de meest erudiete, het meesterwerk tegen wil en dank, het toonbeeld van ijver en deugd, jij was het talent, want jij had een instrument in de werkelijke betekenis van het woord, jij had een geheim: de muziek. Jij was familie van Chopin, jij was degene die zich verschool, die trots was. Maar diep in je hart was er een angstig, krampachtig gevoel: het verlangen om anders te zijn dan je was. Dat is de grootste plaag waarmee het noodlot een mens kan treffen. Het verlangen om anders te zijn dan wie of wat we zijn is het pijnlijkste verlangen dat in een mensenhart kan gloeien. Want het leven is niet te verdragen, tenzij in de wetenschap dat we berusten in alles wat we voor onszelf en de wereld betekenen. We moeten erin berusten dat we zus of zo zijn, en wanneer we dat doen, moeten we weten dat we daarvoor van het leven geen compliment zullen krijgen, dat er geen medaille op onze borst gespeld zal worden als wij weten en verdragen dat we ijdel en egoïstisch zijn, of kaal en dik – nee, we moeten weten dat we nergens een beloning of lof voor krijgen. We moeten het verdragen, dat is het geheim. We moeten ons karakter, onze geaardheid verdragen, met onze fouten, ons egoïsme en onze hebzucht, waaraan ervaring noch inzicht iets kunnen veranderen. We moeten verdragen dat onze verlangens geen volledige weerklank vinden in de wereld. We moeten verdragen dat degenen van wie we houden niet van ons houden of niet op de manier die we hopen. We moeten ook verraad en ontrouw verdragen, en, wat het moeilijkst is van alle opgaven van de mens: we moeten voortreffelijkheid in karakter of verstandelijke vermogens van een ander mens verdragen. Dat heb ik geleerd in drieënzeventig jaar, hier midden in het bos. Maar jij hebt dat alles niet kunnen verdragen,' zegt hij zacht, als een vaststelling. En hij zwijgt en kijkt bijziend de duisternis in.

'Als kind wist je dat natuurlijk allemaal nog niet,' zegt hij dan, alsof hij een excuus zoekt. 'Het was een mooie tijd, een toverachtige tijd. Alle details ervan worden vergroot en haarscherp uitgetekend door de herinnering van de ouderdom. We waren kinderen en we waren vrienden: dat is een groot geschenk, we moeten het lot ervoor bedanken dat we eraan deel mochten hebben. Maar toen werd jouw karakter gevormd en je kon het niet verdragen dat jij iets miste wat mij gegeven was: afkomst, opvoeding, een of andere goddelijke gave... Wat was die begaafdheid? Was het wel een begaafdheid? Terwijl de wereld onverschillig, soms vijandig op jou reageerde, lachten de mensen mij toe en gaven mij hun vertrouwen, dat was alles. Jij minachtte dat vertrouwen en die vriendelijkheid, die de wereld mij toestraalde, en terwijl jij dat alles minachtte, werd je tegelijkertijd verteerd door jaloezie. Jij moet je verbeeld hebben – niet in woorden, maar in vage gevoelens – dat het iets hoerigs was om de gunsteling van de wereld te zijn, om geliefd te zijn. Er zijn mensen die bij iedereen geliefd zijn, voor wie iedereen een vergevensgezinde en liefkozende glimlach heeft, en zulke mensen hebben inderdaad iets behaagzieks, iets hoerigs. Je ziet, ik ben niet meer bang voor woorden,' zegt hij met een glimlach alsof hij de ander wil aanmoedigen om ook niet bang te zijn. 'In de eenzaamheid leer je alles kennen en dan ben je nergens meer bang voor. De mensen die een teken van de hemel op hun voorhoofd dragen dat aangeeft dat ze door de goden begunstigd worden, voelen zich inderdaad uitverkoren wezens, en uit de wijze waarop ze de wereld tegemoet treden, spreekt een ijdele zelfverzekerdheid. Maar als je mij zo zag, vergiste je je. Slechts de vertekening van afgunst kon jou een dergelijk beeld van mij tonen. Ik verdedig me niet, want ik wil de waarheid, en wie de waarheid zoekt, kan zijn zoektocht alleen bij zichzelf beginnen. Wat jij als goddelijke genade en gave in mij en om mij heen ervoer, was niets anders dan goedgelovigheid. Ik was goedgelovig tot op de dag dat... tja, tot op de dag dat ik daar in jouw kamer stond, waaruit jij was gevlucht. Misschien was het die goedgelovigheid waardoor de mensen zich gedwongen voelden om mij hun gevoelens te tonen, mij welwillend toe te lachen en hun vertrouwen te schenken. Ja, er was iets in mij – ik spreek in de verleden tijd, en alles waar ik over praat, is ver weg, zoals men over een dode of een vreemde spreekt –, er was iets van lichtheid en onbevangenheid in mij, wat mensen ontwapende. Ik heb een periode van een tiental jaren in mijn leven gehad, de jaren van de jeugd, waarin de wereld mijn aanwezigheid welwillend gedoogde en gehoorzaam toegaf aan mijn wensen. Dat is de genadetijd. Dan snelt iedereen je tegemoet, alsof jij de veroveraar was die met wijn, meisjes en bloemenkransen gehuldigd moet worden. Inderdaad, in de jaren waarin we op school zaten in Wenen en daarna bij het regiment waren, verliet het gevoel van veiligheid mij voor geen seconde, het gevoel dat de goden mij een geheime, onzichtbare geluksring aan mijn vinger hadden geschoven; mij kon niets ernstigs overkomen, ik werd omringd door liefde en vertrouwen. Dat is het hoogste goed dat een mens van het leven kan ontvangen,' zegt hij ernstig. 'Dat is de grootste gunst. Wie dan overmoedig, brutaal of verwaand wordt, wie het niet in nederigheid kan verdragen dat het lot hem verwent, wie niet weet dat die toestand van genade net zo lang duurt tot we het geschenk van de goden inwisselen voor kopergeld, die bezwijkt. De wereld vergeeft kortstondig degenen die in hun hart bescheiden en nederig zijn... Dus je haatte me,' zegt hij gedecideerd. 'Toen de jeugd tegen haar eind liep, toen de betovering van de kinderjaren voorbij was, begon die relatie te bekoelen. Er is geen triester en hopelozer emotioneel proces dan de verkoeling van een vriendschap tussen twee mannen. Want tussen man en vrouw heeft alles een voorwaarde, zoals bij een zakelijke transactie. Maar de betekenis van vriendschap tussen mannen is juist die onbaatzuchtigheid, dat we geen offer van de ander willen, geen tederheid, niets, behalve dat we ons houden aan de afspraken van een bondgenootschap zonder woorden. Misschien was ik toch degene die de fout maakte, doordat ik jou niet genoeg kende. Ik berustte erin dat je niet alles van jezelf liet zien, ik had respect voor je scherpzinnigheid, die vreemde, cynische superioriteit die uit je wezen straalde; ik geloofde dat ook jij me vergaf, net als de wereld, omdat ik een bepaalde gave had om mensen blijmoedig en met gemak tegemoet te treden en geliefd te zijn waar jij slechts werd gedoogd: ik geloofde dat jij me vergaf dat ik de wereld tutoyeerde. Ik dacht dat je daar blij om was. Onze vriendschap was zoals de vriendschap tussen mannen uit de oude mythologie. En terwijl ik de zonnige paden van de wereld bewandelde, bleef jij bewust in de schaduw. Ik weet niet of jij het ook zo ziet...'

'Je sprak over de jacht,' zegt de gast ontwijkend.

'De jacht, ja,' zegt de generaal. 'Maar dit hoort allemaal bij de jacht. Wanneer een mens een ander mens wil doden, zijn daar natuurlijk allerlei dingen aan voorafgegaan, het is niet zo dat hij zomaar zijn wapen laadt en richt. Eerst gebeurde ook datgene waar ik het over had, dat je me niet kon vergeven, dat de relatie die in het diepe water van de kindertijd was gegroeid tot een gecompliceerd weefsel, alsof de twee kinderen door de reuzenbladeren van een sprookjesbloem op het water werden gewiegd, op de droomachtige bladeren van de victoria regia – weet je nog dat ik lange tijd hier in de kas die rankerige, geheimzinnige plant liet kweken, die slechts één keer per jaar bloeit? – dat die relatie op een dag bedorven was. De toverachtige tijd van de kinderjaren was voorbij, en wat overbleef, waren twee mensen, aan elkaar vastgebonden met de knevels van een kieskeurige en geheimzinnige relatie, die met een alledaags woord vriendschap wordt genoemd. Dat moeten we ook weten voordat we over de jacht beginnen te spreken. Want de grootste zonde of misdaad begaat een mens niet wanneer hij het wapen opneemt om iemand te doden. Dat gebeurt eerder, met de intentie. En wanneer ik zeg dat die vriendschap op een dag bedorven is, moet ik ook weten of dat werkelijk zo is, en als het zo is, wie of wat haar heeft bedorven. Want we waren verschillend en toch hoorden we bij elkaar; ik was anders dan jij en we vulden elkaar aan, we vormden een bondgenootschap, we waren een verbond tussen twee mensen, iets wat zeer zeldzaam is in het leven. En alles wat in jouw wezen ontbrak, is in ons beider jeugdige bond aangevuld tot volmaaktheid, doordat de wereld mij goedgezind was. We waren vrienden,' zegt hij nu zeer luid. 'Dat moet je nu begrijpen, als je het nog niet zou weten. Maar je zult het ook wel eerder geweten hebben; misschien heb je het in de tropen begrepen, of ergens anders. We waren vrienden en dat woord is vervuld van een betekenis waarvan alleen mannen de verantwoordelijkheid kennen. En jij moet nu de volledige verantwoordelijkheid leren kennen, die bij dat woord hoort. We waren vrienden, dus geen kameraden, geen fraterniserende knapen, geen strijdmakkers. We waren vrienden en er is niets in het leven wat schadeloosstelt voor een vriendschap; geen zelfkwellende passie kan die menselijke vreugde geven, die een discrete vriendschap van weinig woorden biedt aan degenen die door haar kracht worden beroerd. Want als we geen vrienden waren geweest, dan had jij niet het wapen op mij gericht die ochtend in het bos, bij de jacht. En als we geen vrienden waren geweest, was ik de volgende ochtend niet naar jouw huis gegaan, waar je me nooit had uitgenodigd, waar je het geheim bewaarde, het wrede en onbegrijpelijke geheim dat onze vriendschap had aangetast. En als je niet mijn vriend was geweest, was je niet deze stad, mijn nabijheid, de plaats van de misdaad ontvlucht, zoals moordenaars en misdadigers, maar was je hier gebleven en had je me bedrogen en verraden, en dat had misschien wel pijn gedaan en mijn ijdelheid en eergevoel gekwetst, maar het zou niet zo erg geweest zijn als wat je nu hebt gedaan, want je was wel mijn vriend. En als we geen vrienden waren, zou je niet na eenenveertig jaar teruggekomen zijn, alweer als een moordenaar en misdadiger die terugsluipt naar de plaats van de misdaad. Want je moest terugkomen, zie je. En ik moet jou iets zeggen waar ik heel langzaam achter gekomen ben, ik wilde het niet geloven, ik ontkende het voor mezelf; ik moet je deze angstaanjagende verrassing en ontdekking vertellen: we zijn nog steeds vrienden, ook nu nog. Kennelijk kunnen menselijke reacties door geen enkele kracht van buiten veranderd worden. Jij hebt iets in mij gedood, mijn leven kapotgemaakt, en ik ben nog steeds je vriend. En ik ga vanavond iets in jou doden, en laat jou teruggaan naar Londen of de tropen of de hel en je zult altijd mijn vriend blijven. Ook dat moeten we weten voordat we het over de jacht hebben en alles wat daarna volgde. Want vriendschap is geen ideale stemming. Vriendschap is een strenge menselijke wet. In de oude wereld was zij een van de krachtigste wetten, waarop de rechtssystemen van de grote beschavingen gebouwd werden. Voorbij drift en zelfzucht leefde deze wet in het hart van de mensen. En hij was sterker dan de passie die mannen en vrouwen met hopeloze hartstocht naar elkaar toe dreef; vriendschap kon niet teleurgesteld worden, want de een wilde niets van de ander, de vriend kon gedood worden, maar de vriendschap die in hun jonge jaren tussen twee mensen is ontstaan, wordt misschien zelfs door de dood niet vernietigd: de herinnering daaraan leeft in het bewustzijn van de mensen als de herinnering aan een stille heldendaad. En dat is vriendschap inderdaad, in de noodlottige en stille betekenis van het woord, zonder gekletter van sabels en degens: een heldendaad, zoals elk onbaatzuchtig menselijk gedrag. Die vriendschap leefde tussen ons, en jij wist dat heel goed. En op het moment dat jij je wapen richtte om me te doden, was die vriendschap misschien wel levendiger tussen ons dan ooit daarvoor in de tweeëntwintig jaar van onze jeugd. Het moment herinner je je, want dat bleef de betekenis en de inhoud van je leven voor de tijd die je nog restte. Ik herinner het me ook. We stonden in een dicht sparrenbos. Daar begint het pad dat vanaf de bosweg de diepte in voert, waar het bos zijn eigen leven leidt, ongekapt en duister. Ik liep voor je en bleef staan, want in de verte, op driehonderd meter afstand, verscheen een hert tussen de sparren. Het werd al licht, heel voorzichtig, alsof de zon met lichtsprieten haar prooi, de wereld, betastte; het dier bleef aan de rand van het pad staan, hief zijn kop, en tuurde het dichte geboomte in, want het voelde het gevaar. Instinct, dat wonderlijke verschijnsel, dat zesde zintuig, dat verfijnder en preciezer is dan de reuk of het zicht, begon te werken in de zenuwen van het dier. Het kon me niet zien, de ochtendbries stond in de tegengestelde richting en kon het niet waarschuwen voor het gevaar, en wij stonden al een hele tijd roerloos, buiten adem door de klimpartij, ik vooraan, aan de rand van het pad, tussen de bomen, jij achter mij. De jager was achterop geraakt met de hond. We waren alleen, midden in het bos, in de eenzaamheid van de nacht, van het ochtendgloren, van het wild, die je altijd even het gevoel geeft dat je verdwaald bent in je leven en in de wereld, en op een dag terug moet gaan naar dat woeste en gevaarlijke thuis, dat niettemin het echte thuis is: het bos, het diepe water, de oeroude plaatsen van het leven. Ik had altijd dat gevoel wanneer ik op jacht was in het bos, in het dichte woud. Ik zag het hert en bleef staan, jij zag het ook en stond tien passen achter me. Dat zijn de momenten voor jager én wild, waarin je met je scherpste zintuigen de werkelijkheid bespeurt, alles weet over de situatie en het gevaar, zelfs in het donker, zelfs zonder om te kijken. Welke golven, krachten, stralen geven de informatie door? Ik weet het niet... De lucht was zuiver en zonder geuren. De sparren bewogen niet in de lichte bries. Het dier spitste zijn oren. Het verroerde zich niet, het stond als betoverd, want gevaar heeft ook altijd aantrekking en betovering in zich. Wanneer het lot in een of andere vorm direct onze persoonlijkheid aanspreekt en ons als het ware bij de naam noemt, is er onder de beklemming en de angst ook een soort aantrekking, want de mens wil niet alleen leven, tegen elke prijs, nee, de mens wil zijn lot volledig kennen en aanvaarden, zelfs ten koste van gevaar en vernietiging. Dat voelde het hert op dat ogenblik, dat weet ik zeker. Dat voelde ik ook op dat ogenblik, dat weet ik ook zeker. Dat voelde jij ook, een paar passen achter me, toen je – in de ban van dezelfde betovering als het hert en ik, die binnen schootsafstand voor je stonden, – de haan van het geweer overhaalde, met die zachte, koude klik, het geluid van zeer edel metaal dat voor een fataal en menselijk doel wordt gebruikt, bijvoorbeeld een degen die een andere degen raakt, of een edel Engels wapen waarvan de haan wordt overgehaald om iemand te doden. Dat ogenblik herinner je je, hoop ik?'

'Ja,' zegt de gast.

'Het was een bijzonder moment,' zegt de generaal bijna tevreden, met de genoegzaamheid van een kenner. 'Ik was natuurlijk de enige die die zachte klik hoorde; hij was zo zacht dat het dier hem zelfs in de stilte van de vroege ochtend en het bladstille bos niet kon waarnemen op driehonderd passen afstand. En toen gebeurde er iets wat ik nooit voor een rechtbank zou kunnen bewijzen, maar jou kan ik het vertellen, want jij weet de waarheid toch. Wat gebeurde er? Niet veel: ik kon jouw bewegingen voelen, het was alsof ik in die seconden alles kon zien wat je deed. Je stond schuin achter me, op een kleine afstand. Ik voelde dat je het wapen optilde, aan je schouder zette en richtte. Ik voelde dat je één oog sloot en dat de loop van het geweer nu langzaam een hoek maakte. Mijn hoofd en de kop van het hert bevonden zich in exact dezelfde lijn en op dezelfde hoogte voor je, de afstand tussen beide doelen was misschien tien centimeter. Ik voelde dat je hand trilde. En met de precisie waarmee alleen een jager in het bos een situatie kan beoordelen, wist ik dat je vanuit die positie niet op het hert kon richten: begrijp me, op dat moment boeide het venatorische aspect van de situatie me bijna intenser dan het menselijke aspect. Van jagen had ik zelf ook enig verstand, ik wist in welke hoek men moest staan voor een hert dat driehonderd passen verderop nietsvermoedend wachtte op het schot. De situatie vertelde me alles, de geometrische positie van de jager en de doelen op een rij lichtte me exact in over wat enkele passen achter me in het hart van een man gebeurde. Je richtte een halve minuut lang, dat weet ik ook, zonder horloge, op de seconde precies. Op zulke momenten weet je alles. Ik wist dat je geen goede schutter was; dat ik mijn hoofd maar een stukje opzij had hoeven te draaien en dat de kogel dan langs mijn oor was gesuisd en misschien wel het hert had getroffen. Ik wist dat één beweging voldoende was geweest en de kogel was in het wapen gebleven. Maar ik wist ook dat ik niet de mogelijkheid had om te bewegen, omdat mijn lot niet meer van mijn beslissingen afhing: iets was gerijpt, het onvermijdelijke moest gebeuren. Zo stond ik te wachten op het schot, ik wachtte tot jij de trekker zou overhalen en ik gedood zou worden door een kogel uit het wapen van mijn vriend. De situatie was perfect, er waren geen getuigen, de jager was ver weg, in het lagergelegen deel van het bos, met de honden, het was een een situatie die precies klopte, iets uit het boekje, het zogenaamde "tragische ongeval" waar de kranten elk jaar over berichten. Toen was de halve minuut voorbij en het schot bleef uit. Op dat ogenblik bespeurde het hert het gevaar en met een sprong die een explosie leek, verdween het in het bos. We verroerden ons nog steeds niet. Toen liet je langzaam het wapen zakken, heel langzaam. Die beweging was niet te horen en niet te zien. Ik zag en hoorde het toch, alsof ik tegenover je stond. Je liet het wapen zakken, zeer voorzichtig, alsof de wrijving van de lucht jouw intenties kon verraden, want het moment was voorbij en het hert was verdwenen in het bos – zie je, het interessante is dat je me nog steeds had kunnen doden, er waren immers geen getuigen bij de scène en er was geen mens, geen rechter die je had veroordeeld, de wereld had jou vol medeleven aan het hart gedrukt als je het gedaan had, want wij waren de legendarische vrienden, Castor en Pollux, tweeëntwintig jaar kameraden in voor- en tegenspoed, wij waren de vleesgeworden ideaalbeelden van vriendschap, en als je me gedood had, had iedereen jou vol deernis de hand gereikt en samen met jou gerouwd, want er is geen tragischer wezen in de ogen van de wereld dan de mens die door de fatale wil van een Grieks lotsbevel per ongeluk zijn vriend heeft gedood... Waar was de mens, waar was de strafrechtelijke autoriteit, waar was de brutale vlerk die een aanklacht durfde in te dienen, die het ongelofelijke durfde te verkondigen, dat jij mij met opzet gedood zou hebben? Er was geen enkel bewijs dat jij een moorddadige drift in je hart koesterde tegen mij. De avond ervoor hadden we nog samen gedineerd, in gezelschap van vrienden, met mijn vrouw, verwanten en de gasten voor de jacht, in het kasteel waar je al tientallen jaren dagelijkse gast was; men zag ons samen, zoals in allerlei levenssituaties daarvoor, in dienst, bij sociale gelegenheden, altijd als goede vrienden. Je was me geen geld schuldig, je was een familielid in mijn huis, wie had kunnen denken dat jij mij had gedood? Niemand. Waarom zou je me ook gedood hebben? Wat een onmenselijk en onmogelijk idee om te veronderstellen dat jij, de vriend der vrienden, mij, de vriend der vrienden zou doden, van wie hij alles kon krijgen in het leven wat hij maar nodig had, menselijke en materiële hulp; jij die mijn huis als het jouwe kon beschouwen en mijn bezit als het gemeenschappelijke bezit van twee broers, voor wie mijn familie was zoals de familie van de pleegouders voor een aangenomen kind? Nee, de beschuldiging zou terugslaan op degene die haar uitte, en geen mens kon die beschuldiging uitspreken, de brutale vlerk die zoiets durfde te beweren, zou zijn weggevaagd door de verontwaardiging van de omgeving, en de condolerenden hadden zich verdrongen om jou de hand te drukken, want jou was iets afgrijselijks en onmenselijks overkomen, jij was getroffen door de gruwel dat als gevolg van een tragisch toeval jouw beste vriend de dood gevonden had door jouw hand. Dat was de situatie. En toch haalde je de trekker van je kogelwapen niet over. Waarom? Wat gebeurde er op dat moment? Misschien alleen dat het hert plotseling het gevaar voelde en van zijn plaats sprong; en de menselijke natuur heeft nu eenmaal een objectieve aanleiding nodig op het moment van een buitengewone daad. Wat jij beraamd had was goed, exact en perfect, maar misschien was daarbij het hert nodig; de scène was bedorven en jij liet het wapen zakken. Het was een kwestie van seconden, wie kan dan nog onderscheiden, ontleden en oordelen?.. Het is ook niet van belang. Doorslaggevend zijn de feiten, al zijn ze niet beslissend. De feiten zijn deze: jij had me willen doden, en toen een onverwacht verschijnsel uit de buitenwereld dat moment verstoorde, begon je hand te trillen en doodde je me niet. Het hert was al verdwenen tussen de bomen. We verroerden ons niet. Ik draaide me niet om. We bleven een poos zo staan. Als ik jou op dat ogenblik in het gezicht had gekeken, had ik alles geweten. Maar ik durfde je niet in je gezicht te kijken. Er is een schaamtegevoel dat het pijnlijkst is van alles wat een mens in het leven kan meemaken: het schaamtegevoel dat het slachtoffer ervaart wanneer het zijn moordenaar in het gezicht moet kijken. Dan schaamt het creatuur zich tegenover de Schepper. Daarom keek ik je niet in het gezicht, en toen de verlammende betovering, die ons beiden fixeerde, verbroken was, liep ik over het pad naar boven, in de richting van de heuveltop. Jij zette je ook werktuiglijk in beweging. Halverwege zei ik over mijn schouder, zonder om te kijken: "Je hebt de kans gemist." Je gaf geen antwoord. Dit zwijgen was een bekentenis. Want ieder ander was in een dergelijke situatie beschaamd of geestdriftig gaan praten, schertsend of beledigd uitleg gaan geven; elke jager probeert dan zijn gelijk te bewijzen, de prooi te onderschatten of de afstand te overschatten, de kansen van goed richten te bagatelliseren... Maar jij zweeg. Het was alsof je met dit zwijgen wilde zeggen: "Ja, ik heb de kans gemist om je te doden." In stilte bereikten we de heuveltop. Daar stond de jager al te wachten met onze honden, in het dal knalden de geweren, de jacht was begonnen. Onze wegen scheidden. Bij het middageten – het was een jagersmaal, er werd in het bos gedekt – kwam jouw drijver melden dat je teruggegaan was naar de stad.'

De gast steekt een sigaar op; met rustige bewegingen snijdt hij de punt van de sigaar af. De generaal buigt naar Konrád toe en geeft hem vuur met de vlam van een kaars.

'Dankjewel,' zegt de gast.

'Maar voor het diner kwam je nog, die avond. Zoals alle avonden daarvoor. Je kwam op de gebruikelijke tijd, met de brik, om halfacht. We aten gedrieën, zoals de avond daarvoor, zoals zoveel avonden daarvoor, met Krisztina. Er was in de grote zaal gedekt, zoals vanavond, met dezelfde tafeldecoratie als daarstraks, en Krisztina zat tussen ons in. Midden op de tafel stonden blauwe kaarsen te branden. Ze hield van kaarsverlichting, ze hield van alles wat haar herinnerde aan het verleden, aan een meer voorname levenswijze, aan vervlogen tijden. Ik was na de jacht direct naar mijn kamer gegaan om me om te kleden, ik had Krisztina die middag niet gezien. De bediende meldde dat zij vroeg in de middag met de wagen was uitgegaan, ze was naar de stad gereden. We zagen elkaar toen het diner opgediend werd, Krisztina zat al te wachten, ze zat voor de haard met een lichte oosterse doek om haar schouders, want het was klam, nevelig weer. In de haard brandde een vuur. Ze zat te lezen en hoorde me niet de kamer binnenkomen. Misschien werd het geluid van mijn stappen gedempt door de tapijten, misschien was ze te zeer verdiept in haar lectuur – ze was een Engels boek aan het lezen, een reisbeschrijving over de tropen –, het enige wat ik zeker weet, is dat ze mijn binnenkomst pas op het laatste moment bemerkte toen ik al voor haar stond. Toen keek ze op – herinner je je haar ogen nog? Haar oogopslag was als het aanbreken van de dag, met vol licht – en misschien kwam het door het kaarslicht, maar ik schrok van de bleekheid van haar gezicht. "Gaat het niet goed met u?" vroeg ik. Ze antwoordde niet. Ze bleef me lange tijd aankijken, zwijgend, met wijd opengesperde ogen, en dit moment was bijna zo lang en net zo sprekend als dat andere die ochtend in het bos, toen ik roerloos stond te wachten tot er iets zou gebeuren: dat je iets zou zeggen of de trekker van het wapen zou overhalen. Ze keek me in mijn gezicht, aandachtig en onderzoekend alsof het van levensbelang was om te weten wat ik dacht op dat moment, of ik wel iets dacht, of ik iets wist? Dit was op dat ogenblik waarschijnlijk nog belangrijker voor haar dan het leven. Dit is altijd het belangrijkste, belangrijker nog dan de prooi en het resultaat: weten wat de prooi, of degene die we tot prooi hebben uitgekozen, over ons denkt. Ze keek me in de ogen als bij een verhoor. Ik denk dat ik haar blik goed verdroeg. Op dat moment, en ook later, was ik kalm, mijn gezicht kon Krisztina niets verraden. En inderdaad, die ochtend en die middag, bij die merkwaardige jachtpartij waarbij ik in zekere zin het gejaagde wild was, had ik besloten dat ik, wat het leven ook brengen zou, nooit iets zou zeggen tegen die twee mensen die mijn vertrouwelingen waren, Krisztina en de min, over datgene wat ik die morgen in het bos te weten was gekomen. Ik had besloten om je onopvallend door een arts te laten observeren, want de demon van de waanzin had bezit genomen van jouw geest; dat verbeeldde ik me. Ik kon geen andere verklaring vinden voor die ogenblikken. Een mens die bij me hoort is waanzinnig geworden; dat bleef ik herhalen, koppig, bijna wanhopig, de hele ochtend en de hele middag, en met dat in mijn ogen ontving ik je, toen je die avond bij ons binnenkwam. Ik wilde op de een of andere manier de waardigheid van het creatuur behouden met die veronderstelling, de waardigheid van een creatuur in het algemeen én persoonlijk, want als je bij je gezonde verstand was, en reden had gehad – het doet er niet toe welke – om het wapen te heffen en op mij te richten, dan waren we allemaal onze menselijke waardigheid kwijt, allen die in dit huis woonden, zowel Krisztina als ik. Zo verklaarde ik de schichtige, verwonderde blik van Krisztina, toen ik na de jacht voor haar stond. Het was alsof ze iets aangevoeld had van het geheim dat ons verbond sinds die ochtend. Vrouwen voelen zoiets aan, dacht ik. Toen arriveerde jij, in avondkledij, en we gingen aan tafel. We praatten, zoals andere avonden. We praatten ook over de jacht, over het verslag van de drijvers, dat een van onze gasten een fout had gemaakt en ook in de letterlijke zin van het woord een bok had geschoten, hoewel hij daar geen recht toe had... Maar over dat ogenblik zeg je de hele avond geen woord. Je zwijgt over je eigen jachtavontuur, over het gemiste kapitale hert. Over zoiets moet men praten, ook al is men geen rasechte jager. Je zegt er niets over dat je het hert gemist had, je zegt er niets over dat je de jacht voortijdig verlaten hebt en zonder bericht naar de stad terug bent gegaan en pas tegen de avond weer tevoorschijn bent gekomen. Dat was beslist ongebruikelijk, strijdig met de maatschappelijke conventies. Je had wel één woord aan de ochtend kunnen spenderen... maar je zegt geen woord, alsof we die ochtend niet eens samen op jacht waren geweest. Je praat over andere dingen. Je vraagt Krisztina wat ze aan het lezen was toen je binnenkwam in de conversatiezaal. Krisztina was over de tropen aan het lezen. Jullie praten lang over haar lectuur; je vraagt Krisztina naar de titel van het boek, je hoort haar uit over de indruk die het op haar gemaakt heeft, je wilt weten hoe het leven in de tropen is, je doet alsof je bijzonder geïnteresseerd bent in het onderwerp, waar je niets van weet – en ik kom er pas later achter, van de boekhandelaar in de stad, dat dit boek, evenals andere boeken over dit onderwerp, door jou is besteld en door jou enkele dagen eerder aan Krisztina is uitgeleend. Dat weet ik allemaal nog niet die avond. Jullie sluiten me buiten bij de conversatie, want ik weet helemaal niets van de tropen. Later, als ik al weet dat jullie mij die avond hebben bedrogen, denk ik aan de scène terug, ik hoor de gesproken woorden, en ontdek met oprechte bewondering hoe perfect jullie toneel hebben gespeeld. Ik, de niet-ingewijde, kan niets vermoeden op grond van jullie woorden; jullie praten over de tropen, over een boek, over algemene lectuur. Jij informeert naar Krisztina's mening; je wilt in het bijzonder weten of iemand die in een ander klimaat is geboren en opgegroeid, de levensomstandigheden van de tropen zou kunnen verdragen. Je vraagt wat Krisztina denkt. (Mij vraag je niets.) En of zij, Krisztina, persoonlijk de regen, de warme damp, de verstikkende, hete nevels en de eenzaamheid in het moeras en het oerwoud zou kunnen verdragen... Je ziet, de woorden keren terug. Toen je hier voor het laatst zat, in deze kamer, in deze leunstoel, eenenveertig jaar geleden, sprak je hierover: over de tropen, het moeras, de warme nevel en de regen. En daarnet, toen je in dit huis terugkwam, waren je eerste woorden moeras, tropen, regen en hete nevel. Ja, de woorden keren terug. Alles keert terug, de dingen en de woorden gaan in een cirkel rond, ze gaan soms de hele wereld rond, en uiteindelijk komen ze weer bij elkaar, maken contact en sluiten iets,' zegt hij emotieloos, onverschillig. 'Daarover spreek jij dus de laatste keer met Krisztina. Tegen middernacht laat jij je rijtuig voorrijden en gaat terug naar de stad. Dit is gebeurd op de dag van de jacht,' zegt hij en in zijn stem klinkt de tevredenheid van een oude man over de exacte uiteenzetting, de systematische en overzichtelijke ordening.

15

'Als jij weggaat, neemt Krisztina ook afscheid,' vervolgt hij daarna. 'Ik blijf alleen achter in deze kamer. Het Engelstalige boek over de tropen vergeet ze, het blijft liggen op de leunstoel. Ik heb geen zin om te slapen, ik pak het boek op en blader erin. Ik kijk naar de plaatjes, ik probeer de tabellen met economische en medische overzichten te ontcijferen. Ik ben verrast dat Krisztina een dergelijk boek leest. Ze kan hier niet echt iets mee te maken hebben, denk ik, ze kan niet geïnteresseerd zijn in grafieken van de rubberproductie of de medische toestand van de inboorlingen. Dat is allemaal niets voor Krisztina, denk ik. En toch vertelt het boek iets, en het vertelt niet alleen iets in het Engels over de levensomstandigheden op het schiereiland. Terwijl ik het boek in mijn hand houd, na middernacht, alleen in de kamer, nadat de twee mensen met wie ik na mijn vader een band heb gehad bij me zijn weggegaan, begrijp ik ineens dat dit boek ook een signaal is. En ik begrijp vagelijk ook iets anders: op die dag zijn de dingen eindelijk tot me gaan spreken, er is iets gebeurd, het leven heeft gesproken. En dan moet je heel goed opletten, denk ik. Want de eigenaardige gebarentaal van het leven spreekt in alles tot ons op zulke dagen, alles is een waarschuwing, alles is een teken en een signaal, je moet het alleen begrijpen. Op een dag zijn de dingen gerijpt en geven ze antwoord. Dat denk ik. En opeens begrijp ik dat ook het boek een signaal en een antwoord is. Het boek zegt dit: Krisztina verlangt ernaar om hier weg te gaan. Ze denkt aan vreemde werelden, ze wil dus iets anders dan deze wereld. Misschien wil ze vluchten van hier, voor iets of iemand, en die iemand kan ik zijn, maar ook jij. Het is zonneklaar, denk ik, Krisztina voelt iets, ze weet iets en ze wil hier weg, daarom leest ze studieboeken over de tropen. Op dat moment voel ik van alles en ik denk dat ik ook van alles begrijp. Ik begrijp en ik voel wat op die dag gebeurd is: mijn leven is gespleten, als een landschap dat door een aardbeving in tweeën wordt gescheurd; aan de ene kant blijft de jeugd, jij en alles wat het voorbije leven betekende, aan de andere zijde begint die duistere, schimmige ruimte waar ik doorheen moet waden, het resterende deel van mijn leven. En die twee levensfasen raken elkaar niet meer. Wat is er gebeurd? Ik kan daarop geen antwoord geven. Ik heb de hele dag geprobeerd kalm te blijven, kunstmatig beheerst, en dat is ook gelukt; Krisztina kon niets weten toen ze me aankeek, zo bleek, met die vreemde, vragende blik. Ze kon niet weten, niet van mijn gezicht aflezen wat er bij de jacht gebeurd was. En welbeschouwd, wat is er gebeurd? Heb ik me niet iets verbeeld? Zijn het niet allemaal hersenschimmen? Als ik het aan iemand zou vertellen, zou hij me waarschijnlijk uitlachen. Ik heb geen gegevens, geen bewijs in handen... Hoe komt het toch dat een stem, die sterker is dan alle bewijzen, op niet mis te verstane wijze, met een kracht die geen twijfel, geen discussie, geen tegenspraak duldt, in me schreeuwt dat ik me niet vergis, dat ik de waarheid weet. En de waarheid is dat mijn vriend me heeft willen doden die ochtend. Wat een belachelijke, uit de lucht gegrepen beschuldiging, niet? Kan ik die zekerheid, die gruwelijker is dan een vaststaand feit, ooit iemand vertellen? Nee, dat kan niet. Maar nu ik het weet, met de zekerheid en kalmte waarmee men de gewone feiten van het leven weet, hoe moeten we nu in de toekomst samen leven? Kan ik jou in de ogen kijken, of moeten we alle drie toneel spelen, Krisztina, jij en ik, wordt een vriendschap een spel van elkaar bespieden – is het mogelijk om zo te leven? Zoals gezegd hoop ik dat je waanzinnig bent geworden. Misschien is het de muziek, denk ik. Je bent altijd vreemd geweest, anders, niet een van ons. Je kunt niet ongestraft musicus zijn en familie van Chopin. Maar tegelijk weet ik dat die hoop dom en laf is; ik moet de werkelijkheid onder ogen zien, mezelf niets wijsmaken, je bent niet waanzinnig, er is geen excuus, geen uitvlucht. Je hebt een reden om me te haten en te doden. Die reden kan ik niet bevatten. De natuurlijke en eenvoudige verklaring is dat je gegrepen bent door een plotselinge dweperige hartstocht voor Krisztina, een begeerte die een soort van verstandsverbijstering is, maar die veronderstelling is zo onwaarschijnlijk en zonder enige aanwijzing of voorteken in het leven van ons drieën tot dusver, dat ik haar moet verwerpen. Ik ken Krisztina, ik ken jou en mezelf – dat denk ik tenminste op dat moment. Het leven van ons drieën, de manier waarop wij Krisztina hebben leren kennen, mijn huwelijk, onze vriendschap, dit alles is open, zuiver en transparant, de karakters en de situaties zijn van een helderheid die misverstanden uitsluit; ik zou dus zelf waanzinnig zijn als ik zoiets ook maar even zou geloven. Hartstochten, al zijn ze nog zo dwaas, kan men niet verheimelijken, een passie die de bezetene ertoe dwingt om op een dag het wapen te richten op zijn beste vriend, kun je niet maandenlang voor de buitenwereld verborgen houden, een of andere aanwijzing zou zelfs ik, de eeuwig blinde en dove derde, hebben opgemerkt – we wonen zowat samen, er gaat geen week voorbij of je dineert drie of vier avonden bij ons, overdag ben ik met jou samen in de stad, in de kazerne tijdens de dienst, we weten alles van elkaar. Krisztina's nachten en dagen, haar lichaam en ziel ken ik als mezelf. Het is een krankzinnige gedachte dat jij en Krisztina... en ik ben bijna opgelucht als ik die veronderstelling in ogenschouw neem. Er zal wel iets anders zijn. Wat er gebeurd is, moet dieper, geheimzinniger, onbegrijpelijker zijn. Ik moet je spreken. Moet ik je laten bespieden? Als een jaloerse echtgenoot in een slechte komedie? Ik ben geen jaloerse echtgenoot. De verdenking kan geen vat krijgen op mijn zenuwgestel, ik ben gerust als ik aan Krisztina denk, die ik gevonden heb in de wereld zoals een verzamelaar het zeldzame en perfecte topstuk van zijn verzameling, van zijn leven vindt, de ontdekking die het enige doel en de enige zin van zijn leven is geweest. Krisztina liegt niet en is niet ontrouw, ik ken al haar gedachten, ook de geheime, die een mens alleen in dromen denkt. Het in geel fluweel gebonden dagboek dat ik haar in de eerste dagen van ons huwelijk heb gegeven, vertelt alles, want we hebben afgesproken dat ze ook van haar gevoelens en gedachten verslag zal doen aan mij en haarzelf, van de gevoelens, de verlangens, het afvalmateriaal van de menselijke ziel, waar een mens niet rechtstreeks over durft te spreken, omdat hij zich schaamt voor die woorden of ze onbetekenend vindt: van al die dingen laat ze een teken achter in dat bijzondere dagboek, ze stuurt me bericht in een paar woorden, opdat ik weet wat zij gedacht of gevoeld heeft naar aanleiding van een persoon of een situatie... Zo vertrouwelijk zijn wij. En dat geheime dagboek ligt nog steeds in de lade van haar bureau, waarvan alleen wij tweeën een sleutel hebben, zij en ik. Dat dagboek is de grootste vertrouwelijkheid die tussen man en vrouw mogelijk is. Als er in Krisztina's leven een geheim was, had ik daarvan via het dagboek al een signaal gekregen. Al zijn we, bedenk ik, dat geheime spel al een tijdje vergeten te spelen... en ik sta op en loop door het donkere huis naar Krisztina's woonkamer, open de lade van het bureau en zoek het dagboek met de gele fluwelen kaft. Maar de lade is leeg.'

Hij sluit zijn ogen en blijft een ogenblik zo zitten, met gesloten ogen als een blinde, met een uitdrukkingsloos gezicht, alsof hij een woord zoekt.

'Het is na middernacht, het huis slaapt. Krisztina is moe, ik wil haar niet storen. Het dagboek heeft ze waarschijnlijk meegenomen naar haar kamer, denk ik,' zegt hij vriendelijk. 'Ik wil haar niet storen, ik zal haar morgen wel vragen of ze geen bericht voor me achtergelaten heeft op de plaats waar ze me seintjes kan sturen, in het dagboek. Want je moet weten dat dat vertrouwelijke boekje, waar we niet over praten – zelfs voor elkaar schamen we ons enigszins voor deze stille vertrouwelijkheid –, een permanente liefdesverklaring is. Het is moeilijk om daarover te praten. Het was een idee van Krisztina, zij vroeg het me tijdens onze huwelijksreis in Parijs, zij was degene die bekentenissen wilde doen – en pas later, veel later, als Krisztina er niet meer is, begrijp ik dat mensen zich alleen dan zo zorgvuldig op een bekentenis voorbereiden, op de ultieme eerlijkheid, als ze weten dat er op een dag inderdaad iets in hun leven zal zijn wat ze moeten bekennen. Lange tijd begreep ik dat dagboek niet, ik vond het onbegrijpelijk, enigszins overdreven, typisch een idee voor een vrouw om geheime schriftelijke berichtjes te sturen, deze grillige morsetekens van Krisztina's leven. Ze zei dat ze nooit geheimen voor me wilde hebben, ja, ze wilde zelfs voor zichzelf geen geheimen, en daarom zou ze alles optekenen waarover het moeilijk praten is. Zoals gezegd begrijp ik later dat iemand die zo in eerlijkheid vlucht, ergens bang voor is, bang dat haar leven op een dag vervuld raakt van iets wat ze niet met mij kan delen, wat een echt geheim is, onbeschrijfelijk en onuitsprekelijk. Krisztina wil me alles geven, haar lichaam en ziel, haar gevoelens en verborgen gedachten, alle boodschappen van haar zenuwen – we zijn op huwelijksreis, Krisztina is verliefd, bedenk waar ze vandaan komt en wat alles wat ik haar bood voor haar betekende: mijn naam, dit kasteel, het paleis in Parijs, de grote wereld, allemaal dingen waarvan ze een paar maanden daarvoor niet had durven dromen in haar provinciale milieu, in de bescheiden woning, waar ze alleen woonde samen met een stille, zieke oude man, die alleen nog voor zijn instrument, zijn notenboekje en zijn herinneringen leefde... En nu geeft het leven haar plotseling alles, met beide handen, het huwelijk, deze huwelijksreis van een jaar, Parijs, Londen, Rome, en dan het Oosten, maanden in de oasen, de zee. Krisztina denkt natuurlijk dat ze verliefd is. Later kom ik erachter dat ze niet verliefd is geweest, ook in die tijd niet, alleen dankbaar.'

Hij vouwt zijn handen, steunt met zijn ellebogen op zijn knie en zegt zo voorovergebogen: 'Ze is dankbaar, zeer dankbaar, op haar manier, zoals een jonge vrouw dankbaar is die op huwelijksreis is met haar man, een rijke jongeman van hoge komaf.' Hij vouwt zijn handen strak samen en verdiept zich aandachtig in de figuren van het tapijt. 'Ze wil op alle manieren dankbaar zijn, daarom bedenkt ze ook het dagboek, dat merkwaardige geschenk. Want dat dagboek staat vanaf de eerste dag vol met verrassende bekentenissen. Krisztina maakt me niet het hof in dat dagboek, haar bekentenissen zijn soms verontrustend eerlijk. Ze beschrijft mij zoals ze me ziet, met enkele woorden, maar zeer typerend. Ze beschrijft wat haar niet bevalt in mij en aan mij, de wijze waarop ik met te grote zelfverzekerdheid op de mensen afstap, overal ter wereld, ze mist de bescheidenheid in mij, die voor haar godvruchtige ziel de grootste deugd is. Nee, ik ben inderdaad niet bescheiden, in die jaren. De wereld is van mij, ik heb de vrouw gevonden van wie elk woord, elk signaal van lichaam en ziel volmaakte resonantie vindt bij mij, ik ben rijk, ik heb een rang, het leven ontsluit zich in volle glorie voor me, ik ben dertig, ik houd van het leven, van de dienst, mijn vak. Nu ik erop terugkijk, walg ik zelf ook van die opgeblazen zelfgenoegzaamheid, die zelfverzekerdheid, dat geluksgevoel. En zoals alle mensen die zonder reden door de goden speciaal begunstigd worden, voel ik diep onder dat geluksgevoel ook een soort angst. Alles is te mooi, zonder barsten, perfect. Zo'n volmaakt geluk is altijd beangstigend. Ik zou het lot een offer willen brengen, ik zou het niet erg vinden als in de havens bij de post van thuis ook onaangename berichten zouden zijn uit de wereld of over de financiën, ik zou het niet erg vinden als ik zou vernemen dat thuis het kasteel is afgebrand, of als mijn bankier, die mijn vermogen beheert, slecht nieuws zou hebben, of iets dergelijks... Weet je, een mens wil de goden iets van het geluk terugbetalen. De goden zijn immers, zoals bekend, jaloers, en wanneer ze een sterveling op aarde een portie geluk van een jaar geven, stellen ze die schuld meteen te boek en aan het eind van het leven eisen ze die tegen een woekerprijs terug. Maar om me heen is alles vlekkeloos perfect. Krisztina schrijft met korte woorden in haar dagboek, alsof ze in haar slaap ertegen praat. Soms schrijft ze één regel, soms een enkel woord. Ze schrijft bijvoorbeeld: "Je bent hopeloos, want je bent ijdel." Dan schrijft ze wekenlang niets. Of ze schrijft dat ze een man gezien heeft in Algiers; de man kwam haar achterna in een smal steegje en sprak haar aan, en ze had het gevoel dat ze met hem mee had kunnen gaan. Krisztina is een kleurrijke, rusteloze geest, denk ik. Maar ik ben gelukkig, die eigenaardige, enigszins beangstigende flakkeringen van eerlijkheid kunnen mijn geluk ook niet verstoren. Ik besef niet dat iemand die zo krampachtig alles aan de ander wil vertellen, misschien juist met die onvoorwaardelijke eerlijkheid over alles spreekt om niet te hoeven spreken over iets wat belangrijk en essentieel is. Dat komt niet bij me op tijdens de huwelijksreis, en ook later niet, als ik het dagboek lees. Maar dan komt die dag en die nacht in mijn leven, de dag van de jacht, en ik voel me de hele dag alsof je wapen wel afgegaan was, alsof die onverwachte kogel wel langs mijn oor gesuisd was. En de nacht valt over ons, jij gaat bij ons weg, maar eerst bespreek je grondig en in detail alles met Krisztina wat op de tropen betrekking heeft. En ik blijf alleen met de herinneringen van die dag en die avond. En ik vind het dagboek niet op de gewone plaats, in de lade van Krisztina's bureau. Ik neem me voor om je de volgende dag in de stad op te zoeken en je te vragen...'

Hij maakt de zin niet af. Hij schudt zijn hoofd als een oude man die zich verbaast over de daden van een kind.

'Je te vragen... Wat?' vraagt hij zacht, op schampere toon, alsof hij zichzelf bespotte. 'Wat kun je mensen met woorden vragen? Wat is het antwoord waard dat de mensen niet met de werkelijkheid van hun leven geven maar met woorden? Het is weinig waard,' zegt hij nu gedecideerd. 'Mensen bij wie de woorden de werkelijkheid van het leven volledig dekken, zijn zeldzaam. Misschien is dat het meest zeldzame verschijnsel in het leven. Toen wist ik dat nog niet. Ik bedoel nu niet de leugenaars, de slechteriken. Ik bedoel dat de mensen wel de waarheden kunnen leren kennen en ervaringen kunnen opdoen, maar ze kunnen hun fundamentele geaardheid niet veranderen. Misschien kun je ook niet meer doen in het leven dan met wijsheid en omzichtigheid proberen de realiteit en deze onveranderlijke werkelijkheid met elkaar in overeenstemming te brengen. Dat is alles wat we kunnen doen. En ook dan worden we niet wijzer of minder kwetsbaar, nee... Ik wil jou spreken en ik weet nog niet dat alles wat ik jou kan vragen en alles wat jij mij zou kunnen antwoorden niets aan de feiten verandert. Maar de feiten achterhalen, de werkelijkheid benaderen is ook met woorden mogelijk, met vraag en antwoord: daarom wil ik je spreken. Ik slaap diep, ik ben moe, alsof ik een grote lichamelijke inspanning had verricht, paardrijden of lopen... Ooit heb ik een beer, die vee roofde, op mijn rug uit de bergen naar beneden gedragen; hij was zwaar, tweehonderdvijftig kilo. Ik weet dat ik een uitzonderlijke lichamelijke kracht had in die jaren, maar achteraf ben ik toch verbaasd hoe ik die last heb kunnen dragen op de hellingen van ravijnen en bergpaden. Kennelijk houdt een mens alles vol zolang het leven zin heeft, dat is de grens. Tóén viel ik zo vermoeid in slaap in de vallei, in de sneeuw, toen ik met het kadaver beneden was gekomen; mijn jagers vonden me daar, half bevroren, dicht bij het lichaam van de beer. Zo slaap ik die nacht ook. Ik slaap diep zonder dromen, en als ik wakker word, laat ik meteen de wagen inspannen en rijd naar de stad, naar jouw huis. Ik sta in jouw kamer en verneem dat je op reis bent gegaan. Pas de volgende dag krijgen we bij het regiment jouw brief, waarin je aankondigt dat je afstand doet van je rang en naar het buitenland gaat. Op dat moment dringt alleen het feit van je vlucht tot me door, want nu is het zeker dat je me hebt willen doden, dat er iets gebeurd is, iets waarvan ik de werkelijke betekenis nog niet kan bevatten, en het is ook zeker dat ik een noodlottige betrokkenheid heb bij datgene wat er gebeurt, dit alles gebeurt ook met mij, niet alleen met jou. Zo sta ik in die mysterieuze, benauwde kamer vol prachtige voorwerpen, als de deur opengaat en Krisztina de kamer betreedt.'

Hij spreekt op verhalende toon, beminnelijk en vriendelijk, alsof hij de vriend, die eindelijk thuisgekomen is uit het verre buitenland, uit de tijd, met de amusante details van een leuk verhaaltje van vroeger vermaakte.

Konrád zit roerloos te luisteren. Hij heeft de sigaar, die uit is, op de rand van het glazen bakje gelegd en zijn armen gevouwen; zo zit hij zonder beweging in een strakke, reglementaire houding, zoals een officier die een vriendschappelijk gesprek voert met een superieur.

'Zij treedt binnen en blijft op de drempel staan,' zegt de generaal. 'Ze komt van huis, zonder hoed, ze heeft de lichte wagen met één paard zelf gemend. "Is hij weg?" vraagt ze. Haar stem klinkt ongewoon hees. Ik gebaar bevestigend, ja, jij bent weg. Krisztina staat rechtop en rank in de deuropening, misschien heb ik haar nooit zo mooi gevonden als op dat ogenblik. Haar gezicht is bleek als het gelaat van gewonden die bloed verloren hebben, alleen haar ogen schitteren koortsig, zoals de avond ervoor, toen ik bij haar binnenstapte en zij dat boek over de tropen aan het lezen was. "Hij is gevlucht," zegt ze dan en ze verwacht geen antwoord; ze zegt het tegen zichzelf als een bevinding, een constatering. "Hij is te laf geweest," zegt ze nog, rustig en zacht.'

'Is dat wat ze zei?' vraagt de gast en hij beweegt zich, hij zit niet meer verstard als een beeld, hij schraapt zijn keel.

'Ja,' zegt de generaal. 'Meer zegt ze ook niet. Ik stel geen vragen. We staan zwijgend in de kamer. Dan kijkt Krisztina rond, ze neemt de meubels, de schilderijen, de kunstvoorwerpen een voor een op. Ik volg haar blik. Ze kijkt naar die kamer alsof ze afscheid neemt. Ze kijkt ernaar alsof ze dit allemaal al kent, en nu van elk voorwerp afzonderlijk afscheid neemt. Je kunt op twee manieren naar een kamer of naar voorwerpen kijken, dat weet je ook wel: als iemand die iets voor het eerst ontdekt en als iemand die ergens afscheid van neemt. Krisztina's blik heeft niets van de nieuwsgierigheid van een ontdekker. Haar blik gaat kalm en vertrouwd rond in deze kamer, zoals men in zijn eigen huis rondkijkt waar men van alles de plaats kent. Haar ogen glanzen ziekelijk en tegelijk heeft ze een vreemde floers voor haar ogen. Ze is beheerst en stil in die ogenblikken, en tegelijkertijd voel ik dat die vrouw op dat moment buiten zichzelf treedt, de veilige kaders van haar leven verlaat en op het punt staat om zowel zichzelf als mij en jou te verliezen. Eén blik, een onverwachte beweging en Krisztina doet of zegt iets wat niet meer goed te maken is... Ze kijkt naar de schilderijen, rustig, zonder belangstelling, zoals mensen ten afscheid iets bekijken wat ze goed kennen en vaak gezien hebben. Ze kijkt naar de brede divan, bijziend, met een hautaine, knipperende blik, eventjes sluit ze haar ogen half. Dan draait ze zich om en verlaat de kamer even stil als ze gekomen is. Door het open raam zie ik haar door de tuin lopen. Ze loopt tussen de rozen, de rozen staan die dagen in bloei. Ze stapt in de lichte wagen, die achter het hek op haar staat te wachten, ze pakt de teugels en rijdt weg. Een ogenblik later is de wagen verdwenen in de bocht van de straat.'

Dan zwijgt hij en kijkt de gast aan.

'Vermoei ik je niet?' vraagt hij hoffelijk.

'Nee,' zegt Konrád schor. 'Helemaal niet. Ga verder.'

'Want ik vertel het nogal gedetailleerd,' zegt hij verontschuldigend. 'Maar het kan niet anders: alleen uit de details kunnen we de essentie begrijpen, dat is de ervaring die ik zowel uit de boeken als uit het leven haal. We moeten alle details kennen, want we kunnen niet weten wat daarvan belangrijk is, welk detail licht zal werpen op hetgeen achter de woorden zit. Men moet de orde bewaren in alles. Maar nu heb ik niet veel meer te zeggen. Jij bent gevlucht, Krisztina is weggegaan, naar huis gereden met de lichte wagen. En ik, wat kan ik nog doen, op dat ogenblik en in de tijd die daarop volgt? Ik kijk naar de kamer, ik kijk de verdwenen Krisztina na. Ik weet dat in de vestibule, achter de deur, je oppasser staat, strak in de houding. Ik roep zijn naam, hij komt binnen en salueert. "Tot uw orders," zegt hij. "Wanneer is de kapitein vertrokken?" "Met de vroege sneltrein." Die trein gaat naar de hoofdstad. "Heeft hij veel bagage meegenomen?" "Nee, alleen wat burgerkleren." "Heeft hij orders of berichten achtergelaten?" "Ja, dit huis moet opgezegd worden. De meubels moeten verkocht. Dat wordt allemaal geregeld door de advocaat. Ik ga terug naar de eenheid," zegt hij. Dat is alles wat hij zegt. We kijken elkaar aan. En dan komt een moment dat moeilijk is om te vergeten: de oppasser – een boerenjongen van twintig, je herinnert je zijn gezicht vast nog, het was vriendelijk, intelligent, menselijk – treedt buiten de strakke houding, de door de dienstverhoudingen voorgeschreven starre blik, nu staat niet meer de soldaat tegenover zijn superieur, maar een man die iets weet tegenover een andere man, met wie hij medelijden heeft. Er is iets menselijks, iets medelevends in zijn blik, waarvan ik verbleek, daarna doet die blik het bloed naar mijn hoofd stijgen... Nu – voor het eerst en voor het laatst in de tijd die volgt – verlies ik mijn zelfbeheersing. Ik stap op hem af, grijp zijn jas op borsthoogte en til hem bijna op met deze beweging. Met onze adem raken we elkaars gezicht. We kijken elkaar diep in de ogen, in de ogen van de jongen staat afschuw, maar ook weer, nog steeds, medelijden. Je weet dat het met mijn vuisten niet aan te raden was iemand of iets vast te grijpen, ik maakte alles kapot wat ik niet met voorzichtigheid behandelde... Ik weet dat ook, ik voel dat we beiden in gevaar zijn, zowel de oppasser als ik. Daarom laat ik hem los, laat hem als het ware terugvallen op de vloer als een loden poppetje, zijn schoenen raken de vloer met een klap; hij staat weer in de houding als op de parade. Ik pak mijn zakdoek en veeg mijn voorhoofd af. Eén vraag is genoeg, en deze man zal nu antwoord geven. De vraag is deze: "Is de dame die hier net was, hier al eens eerder geweest?" Als hij geen antwoord geeft, vermoord ik hem. Maar misschien vermoord ik hem ook als hij wel antwoord geeft, en misschien niet alleen hem... in zulke ogenblikken kent een mens zijn vrienden niet. En tegelijk weet ik dat het overbodig is om te vragen. Ik weet dat Krisztina hier eerder is geweest; niet éénmaal maar vele keren.'

Hij leunt achterover in de fauteuil en laat zijn armen met een vermoeide beweging op de armleuningen rusten.

'Nu heeft het geen zin meer om vragen te stellen. Wat er nog te weten valt, kan een vreemde niet vertellen. Wat ik nog zou moeten weten, is waarom dit allemaal gebeurd is. Waar is de grens tussen twee mensen? Waar is de grens van verraad? Dat zou ik moeten weten. En ook wat mijn schuld is bij dit alles...'

Hij zegt dit heel zachtjes, als een vraag van een onwetende. Aan de woorden is te horen dat hij nu voor het eerst de vraag heeft uitgesproken die sinds eenenveertig jaar in zijn hart leeft en waar hij tot nu toe geen antwoord op heeft kunnen krijgen.

16

'Want de dingen overkomen ons niet alleen maar,' zegt hij nu met meer gedecideerdheid en hij heft zijn hoofd. Boven hen branden de kaarsen met hoge vlammen en ze walmen; de pitten zijn zwart geworden. Het landschap en de stad voor het raam zijn nog donker, geen enkel lichtje is te zien in de nacht. 'De mens doet het ook zelf, wat hem overkomt. Hij maakt datgene wat er moet gebeuren, roept het naar zich toe en laat het niet los. Zo is de mens. Hij doet het ook als hij meteen vanaf het allereerste ogenblik weet dat het fataal is wat hij doet. Ze houden elkaar vast, de mens en zijn lot, ze roepen elkaar op en scheppen elkaar. Het is niet waar dat het noodlot ons leven blind binnentreedt. Nee. Het noodlot komt door de deur naar binnen, die we zelf geopend hebben, terwijl we het noodlot beleefd voor hebben laten gaan. Er is geen mens die sterk en slim genoeg is om met woord of daad het onheil af te wenden dat als een ijzeren wet uit zijn wezen en karakter volgt. Wist ik werkelijk niets over jou en Krisztina? Ik bedoel in de tussentijd, of in het begin van de tijd, van de geschiedenis van ons drieën. Tenslotte heb jij Krisztina aan mij voorgesteld. Als kind kende ze jou, jij bent degene die muziek liet kopiëren bij haar vader, de oude man wiens door een beroerte verlamde hand nog goed genoeg is om muziekstukken te kopiëren, maar niet meer om de viool en de strijkstok vast te houden; hij kan geen zuivere, edele tonen meer aan het instrument ontlokken. Hij moet zijn carrière in de concertzalen vroeg opgeven; hij moet genoegen nemen met lesgeven aan kinderen zonder muzikaal gevoel of met pseudotalent, en met een bescheiden bijverdienste die hem toevalt door het corrigeren of in het net overschrijven van composities van getalenteerde amateurs... Zo leer jij de vader van Krisztina kennen, en Krisztina, die dan zeventien jaar is. De moeder, die vanwege haar zieke hart werd verpleegd in een sanatorium in Zuid-Tirol, waar zij vandaan kwam, is dan al dood. Later, aan het eind van onze huwelijksreis, ben ik met Krisztina naar dat kuuroord gegaan. We bezoeken er het sanatorium, Krisztina wil de kamer zien waar haar moeder is gestorven. We komen 's middags in Arco aan, met een motorrijtuig. We rijden langs de naar bloemen en sinaasappelbomen geurende oevers van het Gardameer, we overnachten in Riva en na de lunch gaan we naar Arco. Het landschap is grijs en zilverkleurig als olijfbomen; in de hoogte verschuilt zich een burcht tussen de rotsen, in een vochtige, lauwwarme atmosfeer: het kuuroord voor hartpatiënten. Er staan allerlei soorten palmbomen, het licht is ontroerend teder, de lucht is geurig en benauwd warm als in een broeikas. In de grote stilte is het lichtgele huis, waar de moeder van Krisztina de laatste jaren gewoond heeft en gestorven is, zo geheimzinnig alsof het alle verdriet in zich sloot waarvan mensenharten ziek worden, alsof hartenpijn in Arco een stille daad was, een gevolg van teleurstelling, van de onbegrijpelijke accidenten van het leven. Krisztina loopt om het huis heen. De stilte, de geur van de stekelige mediterrane planten, de lauwe en geurige damp die alles omhult zoals het verbandlinnen het hart van de patiënten, dat alles beroert mij ook diep. Ik voel voor het eerst dat Krisztina niet helemaal bij me is, en van heel ver weg, uit het begin der tijden, hoor ik een stem, de droevige en wijze stem van mijn vader. Hij praat over jou, Konrád,' voor het eerst spreekt hij de naam van de gast uit, zonder boosheid en emotie, onverschillig en beleefd, 'en hij zegt dat je geen echte soldaat bent, dat je anders bent. Ik begrijp dat woord niet, ik weet nog niet wat dat andersziijn is... Een lange tijd en veel eenzame uren leren mij dat het eeuwig en altijd daarom gaat, man en vrouw, vrienden, contacten in de wereld, alles hangt daarvan af: van dat anders-zijn dat de mensheid in twee partijen verdeelt. Soms ben ik geneigd te denken dat er alleen die twee partijen zijn in de wereld, en allerlei variaties op dat onderscheid: klassenverschillen, nuances in wereldbeschouwing en macht zijn slechts gevolgen van dit verschillend-zijn. En zoals alleen mensen van dezelfde bloedgroep elkaar in momenten van gevaar kunnen helpen, wanneer ze hun medemens met hetzelfde bloedtype bloed geven, zo kan een ziel ook alleen dan een andere ziel helpen als ze niet "anders" zijn, als hun visie, hun geheime werkelijkheid, die dieper gaat dan overtuiging, overeenstemt... En toen in Arco voelde ik dat het feest afgelopen was, dat Krisztina ook "anders" was. En ik moest denken aan de woorden van mijn vader, die geen boeken las, maar door de eenzaamheid en het leven de waarheid heeft leren kennen; hij wist van dit verschil, ja, hij had ook een vrouw ontmoet van wie hij zeer veel hield, maar met wie hij toch eenzaam bleef, omdat ze ook verschillend waren, een ander temperament, een ander levenstempo, want ook mijn moeder was "anders", net als jij en Krisztina... En in Arco ben ik nog iets te weten gekomen. Het gevoel dat me aan mijn moeder, aan jou en aan Krisztina bond, was één en hetzelfde: hetzelfde verlangen, dezelfde zoekende hoop, dezelfde machteloze en treurige wil. Want we houden altijd van degene die "anders" is, die zoeken we in elke situatie en variatie van het leven... weet je dat al? Het is het grootste geheim en geschenk van het leven als twee mensen van dezelfde soort elkaar ontmoeten. Dat is zo zeldzaam, alsof de natuur met geweld en vindingrijke trucs die harmonie wil voorkomen – misschien omdat ze voor de schepping van de wereld, voor de vernieuwing van het leven de spanning nodig heeft die ontstaat tussen mensen van tegengestelde intenties en een ander levenstempo, die eeuwig naar elkaar op zoek zijn. Wisselstroom, je weet wel... Waar je ook kijkt, zie je die uitwisseling van positieve en negatieve energie. Wat een enorme wanhoop en blinde hoop gaat er schuil achter die verschillendheid! Ja, in Arco hoorde ik de stem van mijn vader en ik begreep dat zijn lot in mij verder ging. Ik ben van hetzelfde type karakter en smaak als hij, en mijn moeder, jij en Krisztina staan aan de overkant, alle drie in een andere rol, de een is de moeder, de ander de vriend, de derde de geliefde, minnares en echtgenote, en toch spelen jullie alle drie dezelfde rol in mijn leven. Aan de overkant, ja, waar het onmogelijk is om te komen... Je kunt alles bereiken in het leven, je kunt alles overwinnen in jezelf en de wereld, het leven kan jou alles geven en jij kunt alles van het leven nemen, maar de smaak van een mens, zijn innerlijke geneigdheid, zijn levenstempo kun je niet veranderen; dat is dat anders-zijn, dat bepalend is voor een mens die belangrijk voor je is, bij wie je betrokken bent. Dat voel ik voor het eerst in Arco, terwijl Krisztina om het huis heen loopt waar haar moeder is gestorven.'

Hij leunt achterover in de stoel, legt zijn hoofd in zijn hand met een machteloze en berustende beweging, alsof hij iets begrepen heeft, en ook begrepen heeft dat tegen de wetten van het menselijk karakter nooit iets gedaan kan worden.

'Toen keerden we uit Arco terug naar huis en begonnen hier te leven,' zegt hij. 'De rest weet je. Jij had me aan Krisztina voorgesteld. Je had nooit met één woord gezegd dat je in Krisztina geïnteresseerd zou zijn. Voor mij voelde onze ontmoeting, die van mij en Krisztina, onze kennismaking, zo overduidelijk als geen enkele ontmoeting daarvoor. Ze was van een gemengd ras, dat is waar: een beetje Duits, een beetje Italiaans en de rest Hongaars. Misschien had ze zelfs een druppel Pools bloed, via de familie van haar vader... En zijzelf was ook zo moeilijk te kwalificeren en te classificeren, alsof geen enkele soort of klasse haar geheel kon omsluiten, alsof de natuur één keer had getracht een zelfstandig, onafhankelijk en vrij wezen te scheppen, iemand die niet bepaald werd door klasse en afkomst. Ze was als een wild dier; de degelijke opvoeding, het nonnenklooster, de eruditie en de tederheid van haar vader, dat alles heeft slechts haar manieren verzacht. Vanbinnen was Krisztina wild en ontembaar; alles wat ik haar gegeven had, rijkdom en maatschappelijke status, had niet echt waarde voor haar, en van die innerlijke ongebondenheid, die behoefte aan vrijheid, die de werkelijke essentie van haar wezen en haar aard was, wilde ze niets verkwanselen voor de wereld waarin ik haar binnenleidde... Ook haar trots was anders dan die van mensen die trots zijn op hun rang, afkomst, bezit, maatschappelijke positie of een bepaald persoonlijk talent. Krisztina was trots op die edele wildheid, die in haar hart en haar zenuwen leefde als een of ander gif, als een erfenis. Die vrouw – je weet het heel goed – was vanbinnen soeverein, en dat is tegenwoordig zeer zeldzaam; zowel onder de vrouwen als onder de mannen zijn soevereine mensen zeldzaam. Kennelijk is dat geen kwestie van afkomst en positie. Ze kon niet gekrenkt worden, ze kon niet voor een situatie gesteld worden waarvoor ze terugdeinsde, ze kon geen beperking verdragen, in geen enkele betekenis van het woord. En ze wist nog iets wat zeldzaam is in het karakter van vrouwen: ze kende de verantwoordelijkheid van haar innerlijke menselijke waardigheid. Je herinnert je misschien de eerste keer dat we elkaar ontmoetten – ja, dat zul je je zeker wel herinneren – in de kamer waar de muziekboeken van haar vader op de brede tafel lagen: Krisztina kwam binnen en het donkere kamertje werd plotseling gevuld met licht. Ze bracht niet alleen de jeugd, nee, ze bracht hartstocht en trots, het soevereine bewustzijn van onvoorwaardelijke gevoelens. Ik heb sindsdien ook geen mens gezien die zo totaal reageerde op datgene wat de wereld en het leven geven: op muziek, een boswandeling in de vroege ochtend, de kleur en de geur van een bloem, op een zinnig en juist woord van een mens. Niemand kon een edel weefsel of een dier zo totaal aanraken als Krisztina. Ik heb niemand gekend die zo blij kon zijn met de gewone geschenken van het leven als die vrouw: mensen en dieren, sterren en boeken, alles interesseerde haar, en ze benaderde alles wat het leven kon geven en tonen niet met arrogantie, niet met de expertise van een blauwkous, maar met de onbevangen blijdschap van een creatuur in deze wereld. Alsof ze een persoonlijke betrokkenheid had bij alle verschijnselen van de wereld, begrijp je? Ja, jij zult het wel begrijpen. En in die onbevangen nabijheid was er ook nederigheid, alsof ze voortdurend voelde dat het leven een grote genade, een bijzondere gunst was. Soms zie ik haar gezicht nog,' zegt hij mededeelzaam. 'In dit huis zul je geen portretten meer van haar aantreffen; het grote schilderij dat die Oostenrijker had gemaakt, dat lange tijd tussen de portretten van mijn voorouders heeft gehangen, is van de muur gehaald. Nee, schilderijen van Krisztina zul je niet meer vinden in dit huis,' zegt hij gedecideerd, bijna tevreden, alsof hij een kleine heldendaad vertelt. 'Maar soms zie ik haar gezicht, in mijn halfslaap of wanneer ik een kamer betreed. En nu we het over haar hebben, wij beiden, die Krisztina tamelijk goed hebben gekend, zie ik dit gezicht zo scherp als eenenveertig jaar geleden, de laatste avond toen ze hier tussen ons in zat. Want dat was de laatste avond waarop ik samen met Krisztina dineerde, dat moet je weten. Niet alleen jij, ook ik at toen voor het laatst samen met haar. Want alles was die dag gebeurd zoals noodzakelijk was, alles was tussen ons drieën gebeurd. En omdat we Krisztina beiden kenden, waren sommige besluiten onvermijdelijk: jij reisde af naar de tropen, Krisztina en ik praatten nooit meer met elkaar. Ze heeft nog acht jaar geleefd, ja. We woonden hier, onder hetzelfde dak, maar we praatten niet meer met elkaar,' zegt hij rustig.

En hij kijkt in het vuur.

'Zo was onze aard,' zegt hij eenvoudig. 'Langzaam begreep ik een deel van wat gebeurd was. Daar was de muziek. Er zijn noodlottige elementen in mensenlevens, terugkerende elementen, zoals de muziek. Tussen mijn moeder, Krisztina en jou was er de muziek als bindmiddel. Waarschijnlijk zei de muziek jullie iets wat niet in woorden en daden verteld kon worden, en waarschijnlijk zeiden jullie elkaar ook iets met de muziek, en dat andere verhaal, dat voor jullie perfect uitgedrukt werd door de muziek, konden mensen van de andere soort, mijn vader en ik, niet begrijpen. Daarom bleven we eenzaam tussen jullie. Maar de muziek sprak tot jou en ook tot

Krisztina, dus konden jullie ook met elkaar praten toen tussen Krisztina en mij alle conversatie verstomd was. Ik haat muziek,' zegt hij nu wat luider. Voor het eerst deze avond spreekt hij woorden geëmotioneerd en schor uit. 'Ik haat die melodieuze en onbegrijpelijke taal, waarin mensen van een bepaalde soort met elkaar kunnen converseren, ze zeggen elkaar iets buiten de normen en de regels om, ja, soms denk ik dat ze elkaar iets onbetamelijks en immoreels zeggen met de muziek. Kijk maar naar hun gezicht, hoe vreemd het verandert wanneer ze naar muziek luisteren. Krisztina en jij zochten de muziek niet eens op – ik kan me niet herinneren dat jullie ooit samen quatre-mains hebben gespeeld, je bent nooit voor Krisztina aan de piano gaan zitten, tenminste nooit in mijn aanwezigheid. Kennelijk werd Krisztina door haar schroom en tact ervan weerhouden om in mijn bijzijn samen met jou naar muziek te luisteren. En aangezien muziek geen enkele in woorden uit te drukken betekenis heeft, heeft zij waarschijnlijk een andere, gevaarlijkere betekenis, als zij mensen die niet alleen in hun muzikaliteit maar ook naar hun bloed en hun lot bij elkaar horen, zo diep kan beroeren. Denk je niet?'

'Ik denk dat het exact zo is,' zegt de gast.

'Dat stelt me gerust,' zegt hij hoffelijk. 'De vader van Krisztina was dezelfde mening toegedaan, en hij had werkelijk verstand van muziek. Want hij is de enige met wie ik ooit, één enkele keer, over dit alles heb gesproken, over muziek, over jou en Krisztina. Toen was hij al oud, korte tijd na ons gesprek overleed hij. Ik was toen net teruggekomen uit de oorlog. Krisztina was toen al dood, al tien jaar. Iedereen die ooit belangrijk voor me is geweest, was gestorven en weggegaan, mijn vader en moeder, jij en Krisztina. Alleen die twee oude mensen, Nini, de min, en de vader van Krisztina, leefden nog, met die wonderlijke onverschilligheid en kracht van oude mensen, voor een onbegrijpelijk doel... zoals wij tegenwoordig leven. Iedereen was dood, en ik was ook niet jong meer, ik liep tegen de vijftig, en ik was zo eenzaam als die boom op een open plek in mijn bos, de boom waaromheen een storm het bos had weggevaagd op de dag voor de oorlog. Eén boom was blijven staan op die plek, vlak bij het jachthuis. In een kwarteeuw was eromheen een nieuw bos opgekomen. Maar die boom was nog een van de oude bomen, en een drift die in de natuur een storm heet, had alles om hem heen, wat bij hem hoorde, tegen de grond gegooid. En de boom leeft toch, zie je, met een geweldige, redeloze kracht. Wat heeft hij als doel? Niets. Hij wil overleven. Blijkbaar heeft het leven en alles wat leeft geen ander doel dan tot de laatst mogelijke tijd te overleven en zich te vernieuwen. Ik kwam toen dus terug van de oorlog en ik sprak met de vader van Krisztina. Wat wist hij van ons drieën? Alles. En ik vertelde hem, als enige, alles wat het vertellen waard was. We zaten in een donker kamertje, tussen oude meubels en instrumenten. Op de planken en in de kasten lagen overal bundels met noten, in tekens vastgelegde geluidloze muziek; het gedrukte geschetter en geschal dat de muziekliteratuur van de wereld is, sluimerde in zijn kamer, waar om alles een oude geur hing, alsof van het leven dat in die kamer was voorbijgegaan, alle menselijke inhoud was vervlogen... Hij hoorde me aan en zei alleen maar: "Wat wil je? Je hebt het overleefd." Hij zei dit als een vonnis. En tegelijk als een aanklacht. Hij keek bijziend voor zich uit in het halfduister, hij was erg oud, over de tachtig. Toen begreep ik dat degene die iets overleeft, geen recht heeft om een aanklacht in te dienen. Wie iets overleefd heeft, heeft zijn zaak gewonnen en heeft geen recht en geen reden om beschuldigingen te uiten; hij is de sterkste gebleken, en de sluwste en de drammerigste. Zoals wij beiden,' zegt hij kort en droog.

Ze kijken elkaar onderzoekend aan.

'Vlak daarna stierf hij ook, de vader van Krisztina,' zegt hij. 'Alleen de min bleef, en jij, ergens in de wereld, en dit kasteel en het bos. Ik heb ook de oorlog overleefd,' zegt hij tevreden. 'Ik zocht de dood niet op, maar rende er ook niet voor weg; dat is de waarheid, het heeft geen zin om iets anders te zeggen. Blijkbaar had ik nog iets te doen,' zegt hij peinzend. 'Om me heen stierven de mensen als ratten, ik heb allerlei varianten van de dood gezien en was soms verbaasd over de veelheid van mogelijkheden om te sterven; want de dood heeft ook verbeeldingskracht, net als het leven. Er zijn tien miljoen mensen omgekomen in de oorlog, zo is berekend. De wereld vatte vlam en brandde met zoveel vuur en rook dat je soms dacht dat alle persoonlijke twijfels, individuele vragen en driften verteerd zouden worden... Maar dat gebeurde niet. Midden in de grootste menselijke ellende wist ik dat ik nog iets persoonlijks te volbrengen had, en daarom was ik niet laf of dapper in de schoolse betekenis van het woord, nee: ik was kalm, ook in een stormaanval en een veldslag, want ik wist dat me niets ernstigs kon overkomen. En op een dag kwam ik terug uit de oorlog en ik wachtte. En de tijd verstreek en de wereld vatte weer vlam; ik weet het, het is nog steeds dezelfde brand, die opnieuw oplaait... En in mijn geest leeft ook dezelfde vraag; de vliegas en het roet van twee oorlogen en de tijd hebben die vraag niet in me kunnen blussen. De wereld staat weer in lichterlaaie, miljoenen mensen sterven, en in deze krankzinnig geworden wereld heb jij de weg gevonden om van de overzijde hier terug te komen en met mij iets te regelen wat we eenenveertig jaar geleden niet hebben kunnen regelen. Zo sterk is de natuur van de mens: hij kan niet leven zonder antwoord te geven en te krijgen op de vraag waarvan hij heeft ingezien dat die de ware vraag van zijn leven is. Daarom ben je teruggekomen, en daarom heb ik op je gewacht. Misschien is deze wereld ten einde,' zegt hij zacht en hij wijst met één hand om zich heen. 'Misschien gaan de lichten uit in de wereld, zoals boven dit landschap vannacht, als gevolg van een catastrofe die geen oorlog meer is maar meer dan dat; misschien is in de ziel van de mensen ook iets gerijpt, overal in de wereld; misschien regelen ze nu met elkaar, te vuur en te zwaard, wat een keer geregeld en besproken moet worden. Veel tekenen wijzen hierop. Het kan zijn...' zegt hij zakelijk, 'het kan zijn dat de levenswijze die we kennen, waarin we geboren zijn, dit huis, deze maaltijd, ja zelfs de woorden waarmee we de vraag van ons leven vanavond bespreken, reeds verleden tijd zijn. Er is te veel spanning in de harten van de mensen, te veel woede, te veel wraaklust. Als we in ons hart kijken, wat vinden we dan? Driften die door de uitwaseming van de tijd wat valer geworden zijn, maar waarvan de gloed niet geblust is. Waarom zouden we iets anders moeten verwachten van de wereld, van de mensen? En wij tweeën, die aan het eind van ons leven oud en wijs zijn, ook wij willen wraak... Wraak, op wie? Op elkaar of op de herinnering aan iemand die er niet is. Onzinnige driften. En toch leven ze in ons hart. Waarom verwachten we dan wat anders van de wereld, die vol is van onbewustheid en begeerte, driften en agressie; jonge mannen hakken met hun bajonet punten aan de vingers van jonge mannen van andere naties, vreemde mensen snijden riemen uit elkaars rug; alles wat ooit regel en conventie is geweest, heeft zijn geldigheid verloren, alleen de woede leeft en brandt met vlammen die tot de hemel reiken... Ja, wraak. Ik ben teruggekomen uit de oorlog, waar ik had kunnen sterven, en ik ben niet gestorven, want ik wachtte op de wraak. "Hoezo?" vraag je nu. Wat voor wraak? Ik zie aan je blik dat je deze wraaklust niet begrijpt. Welke wraak is er nog mogelijk tussen twee oude mannen, op wie de dood al wacht? Iedereen is dood, wat heeft wraak hier nog voor zin? Deze vraag spreekt uit je blik. En ik geef je antwoord, en ik zeg je: Ja, toch wraak. Die heeft me in leven gehouden, in vrede en oorlog, in de afgelopen eenenveertig jaar, daarom heb ik mezelf niet gedood, daarom hebben anderen me niet gedood en daarom heb ik zelf niemand gedood, het lot zij dank. Nee, de wraak is gekomen, zoals ik wilde. De wraak bestaat daaruit dat jij naar mij toe gekomen bent, dwars door de wereld in oorlog, door de zeeën vol mijnen, je bent hier gekomen naar de plaats van de daad, om te antwoorden, opdat wij beiden de waarheid te weten komen. Dit is de wraak. Nu zul je antwoorden.'

De laatste woorden zegt hij heel zacht; de gast buigt voorover en luistert aandachtig.

‘Misschien,’ zegt hij. ‘Misschien heb je gelijk. Vraag maar. Misschien kan ik antwoorden.’

De lichtkracht van de kaarsen is al aan het wegsterven, in de tuin waait de ochtendbries tussen de grote bomen. De kamer om hen heen is bijna donker.

17

'Je moet twee vragen beantwoorden,' zegt de generaal en buigt ook naar voren; hij zegt het fluisterend, vertrouwelijk. 'Twee vragen die ik lang geleden geformuleerd heb, in de voorbije decennia, terwijl ik op je wachtte. Twee vragen waarop jij alleen antwoord kunt geven. Ik zie dat je denkt dat ik graag wil weten of ik me niet vergist heb: of je die ochtend bij de jacht me inderdaad hebt willen doden. Of dat geen hersenschim was. Tenslotte is er niets gebeurd. Zelfs het beste jagersinstinct kan zich vergissen. De andere vraag, denk jij, luidt als volgt: ben jij de minnaar van Krisztina geweest? Heb je me bedrogen, en heeft zij mij bedrogen in de echte, ordinaire en banale betekenis van het woord? Nee, mijn vriend, die twee vragen interesseren mij niet meer. Op die vraag heb je geantwoord, de tijd heeft geantwoord en ook Krisztina heeft geantwoord, op haar eigen wijze. Iedereen heeft geantwoord, jij door daags na de jacht de stad, ons, je professie te ontvluchten, door het vaandel weg te werpen, zoals men vroeger zei, toen men nog in de echte betekenis van woorden geloofde. Ik vraag dit niet, omdat ik zeker weet dat jij mij die ochtend hebt willen doden. Ik zeg dit niet als een aanklacht; ik heb eerder medelijden met je. Het moet een vreselijk moment zijn wanneer in een mensenleven de verzoeking komt, wanneer een mens het wapen richt om de mens te doden bij wie hij betrokken is, met wie hij een innerlijke band heeft en die hij om de een of andere reden moet doden. Want dat is wat met jou gebeurde op dat moment. Je ontkent het niet? Je zwijgt? Ik zie je gezicht niet in het halfduister... het heeft niet veel zin om nog nieuwe lichten te laten brengen, we kennen en begrijpen elkaar ook wel in het duister, nu dit moment gekomen is, het moment van de wraak. Laat het maar komen, dan is het straks voorbij. Nooit heb ik één seconde betwijfeld dat je me toen die ochtend hebt willen doden, en ik had altijd medelijden met je om dat ogenblik. Ik weet exact wat je voelde, alsof ik ook voor jou deze situatie heb doorvoeld, dat moment van een afschuwelijke verzoeking. Het was een moment van buiten jezelf zijn, een moment in de ochtendschemer, waarin de krachten van de onderwereld nog macht hebben op aarde, over de mensenharten, waarin de nacht haar kwaadaardige zucht uitblaast. Het is een gevaarlijk moment. Ik ken het. Maar dat is allemaal politiemateriaal, zie je... wat moet ik beginnen met deze juridische waarheid, die me met feiten ondersteund vertelt wat ik met mijn hart en mijn verstand al weet...Wat kan ik beginnen met het muffe geheim van een vrijgezellenwoning, met de rotte materie van echtbreuk, verjaarde en bedompte alkoofgeheimen, intieme herinneringen van doden en grijsaards die de dood tegemoet strompelen? Wat een misplaatst en beschamend proces zou het zijn, als ik nu, aan het eind van het leven, jou ter verantwoording zou roepen voor alles wat van die echtbreuk en moordpoging feitelijk te bewijzen valt, als ik jou een bekentenis zou willen afdwingen, wanneer zelfs de wet datgene wat gebeurd is, of had kunnen gebeuren, als verjaard beschouwt? Dat zou beschamend zijn, jou en mij, de herinneringen van onze jeugd en onze vriendschap niet waardig. En misschien zou het je zelfs opluchting geven om alles te vertellen wat op het niveau van de feiten te vertellen valt. Ik wil niet dat je je opgelucht voelt,' zegt hij rustig. 'Ik wil de waarheid, en de waarheid is voor mij niet een aantal stoffige en krakkemikkige politiële feiten, de geheimen van de hartstocht en de vergissing van een gestorven en tot stof vergaan vrouwenlichaam... Wat doet dat ertoe voor ons, de echtgenoot en de minnaar, wanneer dat lichaam er niet meer is en wij grijsaards zijn, die dingen nog een keer bespreken, de waarheid proberen te achterhalen en dan de dood ingaan, ik hier thuis, vermengd met de beenderen van mijn voorouders, jij ergens in de wereld, vlak bij Londen, of in de tropen? Wat doen waarheid en valsheid, bedrog, verraad, poging tot moord of moord zelf ertoe aan het eind van het leven, wat doet het ertoe waar, wanneer en hoe vaak mijn vrouw, mijn enige grote liefde en de hoop van mijn leven, Krisztina, mij bedrogen heeft met jou, mijn enige vriend? Jij vertelt deze trieste en vuige waarheid, je bekent alles, je vertelt precies hoe het begonnen is, welke afgunst en jaloezie, angst en verdriet jullie in elkaars armen dreef, wat je voelde als je haar omhelsde, welke gevoelens van wraak en schuld in die jaren door Krisztina's lichaam en ziel gingen... waar is dat allemaal goed voor? Aan het eind wordt alles zo eenvoudig – alles wat geweest is en wat had kunnen zijn. Alles wat ooit een feit is geweest, wordt minder dan stof en as. Waarvan ons hart zo brandde dat we dachten dat het ondraaglijk was, dat we zouden sterven of iemand zouden vermoorden – want ik ken die gevoelens ook, ik heb ook kennisgemaakt met het moment van de ultieme verzoeking, kort nadat jij was weggegaan en ik alleen met Krisztina achterbleef – dat alles wordt minder dan het stof dat de wind meevoert boven een kerkhof. Het is beschamend en dwaas om er zelfs maar over te praten. En ik weet het allemaal, zo exact alsof alle details in een politierapport waren vastgelegd. Ik kan je het dossier presenteren, zoals de officier van justitie bij de terechtzitting, en wat dan? Wat moet ik met deze goedkope waarheid, het geheim van een lichaam dat er niet meer is? Wat verwachten we van degene van wie we houden? Ik ben oud, ik heb hierover ook veel nagedacht. Is trouw niet een vorm van egoïsme, een verschrikkelijk egoïsme, en ijdelheid, zoals het merendeel van menselijke dingen en behoeften in het leven? Willen we, als we trouw eisen, dat de ander gelukkig wordt? En als de ander in de subtiele gevangenschap van trouw niet gelukkig kan zijn, houden we dan wel van degene van wie we trouw eisen? En als onze liefde de ander niet gelukkig maakt, hebben we dan wel het recht om iets te eisen, trouw of opoffering? Nu, aan het eind van het leven, zou ik niet zo stellig durven antwoorden op deze vragen als ik eenenveertig jaar geleden geantwoord zou hebben, als iemand me had gevraagd – eenenveertig jaar geleden, toen Krisztina me in jouw huis achterliet, waar ze vaak geweest was voordat ik er kwam, waar jij alles bijeengebracht had om er Krisztina te kunnen ontvangen, waar de twee mensen bij wie ik ooit betrokken ben geweest, mij op zo'n schandelijke, platvloerse, ja, voor mijn gevoel nu oninteressante en saaie manier verraden en bedrogen hadden? Want dat is wat er gebeurd is,' zegt hij achteloos, bijna verveeld, onverschillig. 'En alles wat mensen "bedriegen" noemen, de treurige en saaie rebellie van lichamen tegen een situatie en een derde persoon, is verschrikkelijk oninteressant aan het eind van het leven, onverschillig, bijna meelijwekkend, als een ongeluk of een misverstand. Toen begreep ik dat nog niet. Ik stond in de geheime woning alsof ik de sporen van een misdaad opnam, zo staarde ik naar de meubels, de divans... ja, wanneer je jong bent, en je vrouw je bedriegt met je enige vriend, die je nader staat dan een broer, denk je natuurlijk dat de wereld om je heen instort. Dat voel je onontkoombaar, want jaloezie, bedrogen worden en ijdelheid kunnen afschuwelijk pijn doen. Maar dat gaat over... het gaat op een onbegrijpelijke manier over, niet van de ene dag op de andere, o nee, zelfs jaren kunnen die woede niet verzachten – uiteindelijk gaat de pijn over, net als het leven. Ik ging terug naar het kasteel, ik ging naar mijn kamer en wachtte op Krisztina. Ik wachtte op haar om haar te vermoorden, of om de waarheid van haar te horen en haar te kunnen vergeven... hoe dan ook, ik wachtte. Ik wachtte tot de avond; toen ging ik naar het jachthuis, want ze was niet gekomen. Dat was misschien wel kinderachtig... nu ik er achteraf op terugkijk en een oordeel wil vellen over mezelf en anderen, vind ik die trots, dat wachten en me terugtrekken, kinderachtig. Maar zo is de mens, zie je, en zelfs als hij verstand en ervaring heeft, kan hij weinig doen tegen de koppige waanideeën van zijn wezenlijke aard. Dat weet jij nu ook. Ik ging naar het jachthuis, dat je kent, niet ver van hier, en ik zag Krisztina acht jaar lang niet. Ik zag haar dood terug, de ochtend waarop Nini me bericht stuurde dat ik terug kon komen, want ze was dood. Ik wist dat ze ziek was, en voor zover ik weet, werd ze door de beste artsen behandeld – ze woonden maandenlang hier in het kasteel en stelden alles in het werk om haar te redden; zij zeiden: "Wij hebben alles gedaan wat volgens de huidige stand van de wetenschap mogelijk is." Dat zijn woorden. Waarschijnlijk hebben ze het een en ander gedaan waartoe hun beperkte kennis hen in staat stelde en waarvan ze niet afgehouden werden door hun arrogantie en ijdelheid. Mij werd elke avond gemeld wat er in het kasteel gebeurde, in die acht jaar, ook voordat Krisztina ziek werd, en ook later, toen ze besloten had om ziek te worden en te sterven. Want ik geloof erin dat je zoiets kunt besluiten – nu weet ik het zeker. Ik kon Krisztina niet helpen, want er was een geheim tussen ons, het enige geheim dat niet vergeven kan worden en beter ook niet voortijdig ontrafeld kan worden, want men kan niet weten wat er onder dat geheim zit. Er is iets wat erger is dan dood en lijden: je zelfrespect verliezen. Daarom was ik bang voor dat geheim, dat ik met Krisztina en jou deelde. Er is iets wat zo'n pijn kan doen, zo'n bloedende, brandende wond kan slaan dat misschien zelfs de dood geen einde kan maken aan die kwelling: als door een mens, of twee mensen, het diepe gevoel van eigenwaarde in ons gekwetst wordt, dat we nodig hebben om mens te kunnen blijven. IJdelheid, zeg je. Ja, ijdelheid... en toch is deze ijdelheid de diepste essentie van het menselijk leven. Daarom was ik bang voor het geheim. Daarom stemmen we in met allerlei oplossingen, ook de vuige en de laffe – kijk om je heen in het leven, en je ziet allerlei halve oplossingen tussen mensen: de een gaat ver weg van degene of degenen van wie hij houdt omdat hij bang is voor het geheim, de ander blijft en zwijgt, en wacht eeuwig op een of ander antwoord... Dat zag ik, dat ervoer ik. Dat is geen lafheid, nee... het is de laatste zelfverdediging van het levensinstinct. Ik ging naar huis, ik wachtte tot de avond, en vertrok toen naar het jachthuis, en bleef nog acht jaar wachten op iets, een woord, een bericht. Maar Krisztina kwam niet. Van het jachthuis tot het kasteel is het twee uur rijden met de wagen.

Maar die twee uur, die twintig kilometer, was voor mij een grotere afstand in tijd en ruimte dan de afstand van de tropen voor jou geweest moet zijn. Zo is mijn aard, zo ben ik opgevoed, zo is het allemaal gelopen. Als Krisztina bericht had gestuurd, van welke strekking ook, zou haar wil geschied zijn. Als het haar wens was geweest dat ik jou terug zou halen, was ik jou gaan zoeken in de wereld en had ik je teruggehaald. Als het haar wens was geweest dat ik je zou doden, had ik je gedood. Als ze had willen scheiden, was ik gescheiden. Maar ze wilde niets. Want zij was ook iemand, op haar eigen manier, op een vrouwelijke manier; zij was ook gekwetst door degenen van wie ze hield; door de een omdat hij wegvluchtte voor een hartstocht, omdat hij niet wilde verzengen in een binding waarvan hij wist dat die fataal was, door de ander omdat hij de waarheid wist en bleef wachten en zwijgen. Krisztina had ook karakter, in een andere zin van het woord dan die wij, mannen, kennen. Met haar was ook iets gebeurd in die jaren, niet alleen met jou en met mij. Het lot had ons beroerd en was over ons in vervulling gegaan, en alle drie droegen we dat lot. Ik zag haar acht jaar niet. Acht jaar lang riep ze me niet. Daarstraks, toen ik op jou wachtte om met je te bespreken wat een keer besproken moest worden, want we hebben niet veel tijd meer, kwam ik iets te weten van de min: ik kwam te weten dat ze op haar sterfbed mij riep. Niet jou... en ik zeg dit niet met voldoening, maar ik zeg het ook niet ontevreden, onthoud het goed. Ze riep mij, en dat is toch iets, al is het niet veel... Maar ik zag haar pas weer toen ze al dood was. Ze was een mooie dode. Ze was jong gebleven, de eenzaamheid had haar niet lelijk gemaakt, de ziekte had deze bijzondere schoonheid, de gesloten, ernstige harmonie van Krisztina's gezicht niet aangetast. Maar dat gaat jou niet meer aan,' zegt hij nu hautain. 'Jij leefde in de wereld en Krisztina stierf. Ik leefde in de eenzaamheid, in de gekwetstheid, en Krisztina stierf. Ze gaf ons beiden antwoord zoals ze kon; want, zie je, wie dood is, geeft het juiste, definitieve antwoord – soms denk ik zelfs dat alleen de doden volledig en juist antwoorden. Dat gebeurde dus. Wat had ze anders kunnen zeggen, na die acht jaren, dan dat ze stierf? Meer kan een mens niet zeggen. En daarmee gaf ze antwoord op alle vragen die jij of ik nog aan haar hadden kunnen stellen als het leven zo was gelopen dat ze een van ons had willen spreken. Ja, de doden geven het juiste antwoord. Maar je ziet, ze wilde niet met ons praten. Soms had ik het gevoel dat zij van ons drieën de dupe was, Krisztina. Niet ik, die zij met jou bedrogen had, niet jij, die mij met haar bedrogen had – bedriegen, wat een woord! Er zijn van die kant-en-klare woorden waarmee men zielloos en automatisch bepaalde situaties bestempelt. Maar als alles ten einde is, zoals nu voor ons, kunnen we met zulke woorden niet veel beginnen. Bedrog, ontrouw, verraad, het zijn allemaal slechts woorden, wanneer degene op wie deze woorden betrekking hadden dood is, wanneer degene die voor de werkelijke betekenis van deze woorden had kunnen instaan reeds geantwoord heeft. Wat geen woord is maar de stille waarheid, is het feit dat Krisztina dood is en wij beiden leven. Toen ik dat begreep, was het al te laat. Er is niet anders overgebleven dan het wachten en de wraak. Nu het moment van de wraak is gekomen en het wachten voorbij is, voel ik tot mijn verbazing hoe hopeloos en waardeloos alles is wat we van elkaar kunnen horen, wat we elkaar kunnen bekennen of voorliegen. Je kunt altijd alleen de waarheid begrijpen. Ik begrijp de waarheid al. En het zuiverende vuur van de tijd heeft alle boosheid uit de herinneringen gezogen. Nu zie ik soms weer Krisztina, als ik wakker ben en in mijn droom, terwijl ze door de tuin loopt, met een grote florentijnhoed, slank, in een witte jurk; ze komt uit de kas of praat tegen haar paard. Ik zie haar, ik heb haar vanmiddag ook gezien, terwijl ik indutte tijdens het wachten. Ik zag haar in mijn halfslaap,' zegt hij beschaamd, zoals oude mensen over zulke dingen praten.' Ik zag allerlei beelden uit een oude, zeer oude tijd. En vanmiddag begreep ik met mijn verstand wat ik met mijn hart al lang wist: die ontrouw, dat bedrog, het verraad van jullie beiden. Ik heb het begrepen en wat kan ik erover zeggen? Mensen worden langzaam oud: eerst wordt je levenslust oud en je zin om onder de mensen te zijn, je weet wel, langzaam wordt alles zo werkelijk, je kent de zin van alles, alles herhaalt zich zo vreselijk voorspelbaar. Ook dat is ouderdom. Als je al weet dat een glas niets anders is dan een glas. En een mens, de arme ziel, is niets anders dan een mens, een sterveling, wat hij ook doet... en dan wordt je lichaam oud; niet in één keer, nee, eerst worden je ogen oud, of je benen, je maag, je hart. Zo wordt een mens oud, in delen. En dan begint opeens de ziel oud te worden; want al is het lichaam gebrekkig en bederfelijk, de ziel koestert nog verlangens en herinneringen, zij zoekt blijdschap en voelt vreugde. En als dat verlangen naar vreugde voorbij is, blijft er niets anders over dan herinneringen of ijdelheid, en dan word je werkelijk oud, onherroepelijk en definitief. En op een dag word je wakker, je wrijft in je ogen en weet niet meer waarvoor je wakker geworden bent. Wat de dag laat zien, ken je precies: lente of winter, de decors van het leven, het weer, de dagindeling van het leven. Er kan niets verrassends meer gebeuren: zelfs het onverwachte, het ongewone, het afschrikwekkende kan je niet verrassen, want je kent alle mogelijkheden, je verwacht niets meer, niets goeds en niets slechts... en dat is ouderdom. Er leeft nog iets in je hart, een herinnering, een vaag levensdoel, je zou graag iemand terug willen zien, je zou graag iets willen zeggen of weten, en je weet heel goed dat dat ogenblik op een dag zal komen, en dat het dan niet meer zo wezenlijk zal zijn om de waarheid te weten en te antwoorden als je tijdens de jaren van het wachten dacht. Een mens leert langzaam de wereld te begrijpen en gaat dan dood. Hij begrijpt de verschijnselen en de beweegredenen van de menselijke handelingen. De gebarentaal van onbewustheid... want mensen delen hun gedachten via gebarentaal mede, is het je opgevallen? Alsof ze in een vreemde taal over de essentiële dingen zouden praten, in het Chinees, wat dan naar de betekenis van de werkelijkheid vertaald moet worden. Ze weten niets over zichzelf. Ze praten alsmaar over hun verlangens en blijven zich wanhopig en onwetend verbergen. Het leven wordt bijna interessant als je de leugens van de mensen doorhebt: je kunt erop letten en ervan genieten hoe ze steeds iets anders zeggen dan wat ze denken en wat ze werkelijk willen... Ja, er komt een dag waarop je de waarheid kent, en dat staat gelijk aan ouderdom en dood. Maar dan doet dat alles geen pijn meer. Krisztina heeft mij bedrogen, wat een simplistisch woord!... En uitgerekend met jou, wat een meelijwekkende rebellie! Ja, werp me niet zulke verbaasde blikken toe: ik zeg dit met medelijden. Later, toen ik veel te weten was gekomen en alles had begrepen – want van het materiaal van die schipbreuk wierp de stroom van de tijd ook wat brokstukken op het eiland van mijn eenzaamheid, signalen die iets deden vermoeden –, keek ik vol medelijden terug naar het verleden, en ik zag jullie, de twee rebellen, mijn vrouw en mijn vriend, die klappertandend en vol schuldgevoel, verstijfd van zelfverwijt en vlammend in die obstinate hartstocht, ongelukkig tegen mij rebelleerden, op leven en dood... Arme zielen, dacht ik meer dan eens. En ik probeerde me de details van die ontmoetingen voor te stellen, in het huis aan de rand van de stad, in een provinciestadje waar geheime ontmoetingen bijna onmogelijk zijn, die opgeslotenheid als op een schip, en tegelijkertijd die kwellende openbaarheid, die liefde die geen enkel rustig moment kent, die bij elke stap en elk oogopslag door geniepig-argwanende blikken van lakeien, personeel en omgeving wordt bewaakt, het sidderen en het schuilen voor mij, die kwartiertjes onder het mom van paardrijden, muziek of tennis, die wandelingen in het bos, waar mijn jagers allerlei soorten stropers in de gaten houden... ik probeer me de haat voor te stellen die jullie hart vervult als jullie aan mij denken, wanneer jullie elk moment, bij elke stap tegen mijn macht opbotsen, mijn macht als echtgenoot, als landbezitter, als aristocraat, mijn overwicht in status en rijkdom, mijn hordes bedienden en de allergrootste macht: de gebondenheid die jullie gebiedt om voorbij alle liefde en haat te weten dat jullie zonder mij niet kunnen leven en ook niet sterven. Jullie, ongelukkige geliefden, konden mij wel bedriegen, maar jullie konden niet om me heen; al ben ik een ander soort mens, wij drieën zijn met elkaar verbonden als kristallen binnen de formule van een geometrische wet. En je hand zakt met het wapen, wanneer je me op een ochtend wilt doden omdat je dat opgejaagd worden, dat schuilen, die ellende niet langer kunt verdragen... Wat kun je doen? Neem je Krisztina mee? Je moet afstand doen van je rang, jij bent arm en Krisztina is ook arm, van mij kunnen jullie niets aannemen; nee, je kunt niet met haar weglopen, je kunt ook niet met haar leven, je kunt niet met haar trouwen, haar als minnares aanhouden is levensgevaarlijk, gevaarlijker nog dan de dood: elk moment moet je rekening houden met verraad en ontdekking, moet je vrezen voor de verantwoording die je uitgerekend aan mij, de vriend en broer, moet afleggen. Je kunt dat gevaar niet lang verdragen. En op een dag, als het moment rijp is en in een voelbare gedaante tussen ons verschenen is, richt je het wapen; en ik heb later vaak en oprecht medelijden met jou gehad om dat ogenblik. Het moet een bijzonder pijnlijke en belastende opgave zijn om iemand te doden met wie je verbonden bent,' zegt hij achteloos. 'Jij bent niet sterk genoeg voor die taak. Of het moment gaat voorbij en je kunt niets meer doen. Want dat is er ook, het moment, de tijd voert de dingen ook naar eigen goeddunken aan en af, niet alleen wij plaatsen onze handelingen en de verschijnselen in de tijd. Het komt voor dat de tijd een kans brengt en dat die een exacte tijd heeft, en als het moment voorbij is, kun je opeens niets meer doen. Je hand zakt met het wapen. En de volgende ochtend reis je af naar de tropen.'

Hij kijkt aandachtig naar zijn vingertoppen en zijn nagels.

'Maar wij blijven hier,' zegt hij onder het kijken, alsof dat het belangrijkste was, 'Krisztina en ik blijven hier. Wij blijven hier en alles komt aan het licht, op de regelmatige en onbegrijpelijke wijze waarop informatie mensen bereikt, over golven, ook al zijn er geen loslippige verraders in de buurt, die het geheim schenden. Alles komt aan het licht, want jij bent weggegaan, en wij zijn hier gebleven, levend; ik, omdat jij het moment hebt gemist, of het moment jou – dat is hetzelfde –, en Krisztina, omdat ze voorlopig niets anders kan doen, ze moet iets afwachten, misschien wil ze zich alleen ervan vergewissen dat we goed kunnen zwijgen, wij tweeën, jij en ik, de twee mannen met wie ze een band heeft en die haar uit de weg gegaan zijn; ze wacht tot ze de werkelijke betekenis van dat zwijgen begrijpt en kent. En dan sterft ze. Maar ik blijf hier, terwijl ik alles weet en tegelijk iets niet weet. Daarom moet ik leven en wachten op het antwoord. Nu is het moment gekomen waarop ik het antwoord op de vraag krijg. Antwoord mij, alsjeblieft: wist Krisztina dat je toen die ochtend bij de jacht mij had willen doden?'

Hij vraagt het zakelijk en zacht, met in zijn stem de gespannen nieuwsgierigheid van een kind dat de volwassenen een verklaring vraagt voor de geheimen van de sterren en de onzichtbare wereld.

18

De gast verroert zich niet als hij deze vraag hoort. Hij zit met zijn hoofd op zijn handpalm geleund, hij zet zijn elleboog op de leuning van de stoel. Nu haalt hij diep adem, buigt naar voren en strijkt met één hand over zijn voorhoofd. Hij wil antwoorden, maar de generaal valt hem in de rede.

'Neem me niet kwalijk,' zegt hij. 'Je ziet, ik heb het uitgesproken,' vervolgt hij de zin snel, opgewonden, bijna verontschuldigend. 'Ik moest het uitspreken, en nu ik het uitgesproken heb, voel ik dat ik de vraag verkeerd gesteld heb, ik heb een pijnlijke situatie voor jou geschapen, want jij wilt antwoorden, je wilt de waarheid zeggen, en ik heb de vraag verkeerd gesteld. Mijn vraag klonk als een aanklacht. En ik wil het niet ontkennen: in mijn hart leefde de afgelopen jaren de verdenking, dat dat moment in de ochtendschemer in het bos niet alleen een ogenblik van toevalligheid, een inval, de gelegenheid, een ingeving uit de onderwereld was geweest – nee, het vermoeden kwelt me dat dat moment voorafgegaan is door andere ogenblikken, die nuchter waren en helder als de klaarlichte dag. Want toen Krisztina vernam dat je gevlucht was, zei ze: "Hij is te laf geweest." Dat is alles wat ze heeft gezegd, dat is het laatste wat ik van haar heb gehoord, en dat is ook het laatste oordeel over jou dat ze met woorden heeft uitgesproken. En ik blijf alleen achter met die woorden. Te laf, waarom?, peins ik later, veel later. Te laf, waarvoor? Voor het leven? Voor het leven van ons drieën samen of voor jullie beider gezamenlijk leven? Te laf voor de dood? Had hij noch willen leven, noch willen sterven met Krisztina? Zo zit ik te peinzen. Of was hij juist te laf geweest voor iets anders, niet voor het leven en niet voor de dood, niet voor de vlucht en niet voor het bedrog, niet om Krisztina van me af te nemen of om Krisztina af te staan, nee: hij was gewoon te laf voor een simpel en strafrechtelijk definieerbaar feit, dat zij besproken en beraamd hadden, zij tweeën, mijn vrouw en mijn beste vriend; maar het plan was niet gelukt, omdat jij te laf was geweest... Dat is de vraag waar ik nog een keer antwoord op zou willen hebben in het leven. Maar daarnet heb ik de vraag niet juist gesteld, neem het me niet kwalijk; daarom viel ik je in de rede toen ik zag dat je op het punt stond antwoord te geven. Want dat antwoord is niet van belang voor de mensheid en het universum, maar wel voor mij, deze ene mens, die aan het eind, wanneer degene die jou van lafheid beschuldigd heeft tot stof en as is vergaan, toch zou willen weten waarvoor je te laf was. Want als die vraag een punt zet achter mijn vragen, weet ik de waarheid, en als ik geen volledige zekerheid heb over dat detail, weet ik niets. Ik leef al eenenveertig jaar tussen alles en niets, en er is geen mens die me zou kunnen helpen, alleen jij. En zo wil ik niet sterven. Dan zou het nog beter en menswaardiger zijn geweest als jij eenenveertig jaar geleden niet te laf was geweest, volgens de vaststelling van Krisztina; ja, het zou menselijker zijn geweest als een kogel had bewerkstelligd wat de tijd niet heeft kunnen bewerkstelligen: de twijfel weghalen of jullie tegen mij hebben samengespannen tot een moord, die jij uiteindelijk niet hebt uitgevoerd omdat je te laf was. Dat zou ik nog willen weten. De rest is niets dan woorden, leugenachtige fantasieën: bedrog, liefde, intrige, vriendschap, alles verbleekt bij de lichtende kracht van die vraag, wordt wit als een lijk, of als een schilderij wanneer de schaduw van de tijd over de figuren valt. Niets interesseert me meer, ik hoef geen antwoord te krijgen over de werkelijke aard van jullie relatie, ik wil de details niet weten, het hoe en waarom kan me niet meer schelen. Het hoe en waarom tussen twee mensen, tussen een man en een vrouw, is altijd zo treurig gelijk. De formule is verachtelijk eenvoudig. Het gebeurt altijd omdat de gelegenheid er is, en het gebeurt op de wijze die door de gelegenheid mogelijk wordt gemaakt; dat is de hele waarheid. Het is aan het eind niet meer de moeite waard om naar de details te vorsen. Maar de essentie, de waarheid, is wel de moeite waard om nagevorst te worden, want waarvoor heb ik anders geleefd? Waarom heb ik deze eenenveertig jaar verdragen? Waarom heb ik op je gewacht, niet zoals een broer op een ontrouwe broer wacht, of een vriend op een weggelopen vriend, nee, ik wachtte op je als rechter en slachtoffer tegelijk, die wacht op de aangeklaagde. En nu zit de aangeklaagde hier, ik stel hem mijn vraag en hij wil antwoorden. Maar heb ik hem wel de juiste vraag gesteld, en heb ik hem wel alles verteld wat ook hij, de dader en aangeklaagde moet weten, als hij in zijn antwoord de waarheid wil zeggen? Want je ziet, Krisztina heeft ook geantwoord, en niet alleen met haar dood. Op een dag, jaren na haar dood, vond ik dat boekje met de gele fluwelen kaft, dat ik een nacht – een voor mij onvergetelijke nacht, die volgde op de dag van de jacht – vergeefs zocht in de lade van haar bureau. Toen raakte het boekje zoek, jij ging de volgende dag weg, en ik sprak nooit meer met Krisztina. Daarna stierf zij, en jij leefde, ver weg, en ik leefde in dit huis, waar ik na Krisztina's dood weer was gaan wonen, omdat ik wilde leven en sterven in de vertrekken waar ik geboren was, en waar mijn voorouders geboren waren, geleefd hadden en gestorven waren. En dat zal nu wel zo gebeuren, want de dingen hebben een bepaalde orde, en die orde staat los van onze wil. Maar het boekje met de gele fluwelen kaft leefde ook, op raadselachtige wijze, naast ons en boven ons in de tijd, dat merkwaardige "Boek van de eerlijkheid", deze beangstigende bekentenis, de onvoorwaardelijke verklaring van Krisztina's liefde, twijfels en angsten, van haar geheime wezen. Het leefde, en ik vond het later, veel later, op een dag, tussen de voorwerpen van Krisztina in een doosje waarin ze een op ivoor geschilderd portret van haar moeder bewaarde, de zegelring van haar vader, een gedroogde orchidee – die had ze eens van mij gekregen – en dit gele boekje met een blauw lint eromheen. De vouw van het lint had ze verzegeld met het zegel van haar vader. Hier is het boekje,' zegt hij; hij haalt het tevoorschijn en reikt het de vriend aan. 'Dit heeft Krisztina nagelaten. En ik heb het lint niet gebroken, want ze heeft geen schriftelijke toestemming achtergelaten, ze heeft geen gebruiksaanwijzing bij deze nalatenschap gevoegd, en ik kon ook niet weten of ze deze bekentenis van gene zijde van het graf aan mij of aan jou stuurde. Waarschijnlijk bevat dit boek de waarheid, want Krisztina loog nooit,' zegt hij op eerbiedige, strenge toon.

Maar de vriend reikt niet naar het boek.

Hij zit roerloos met zijn hoofd in zijn hand en kijkt naar het smalle boekje dat in geel fluweel gebonden en met een blauw lint en een blauw zegel gesloten is. Hij beweegt niet, zelfs zijn ogen knipperen niet.

'Wil je dat we samen Krisztina's boodschap lezen?' vraagt de generaal.

'Nee,' zegt Konrád.

'Wil je het niet lezen,' vraagt de generaal koud, met de superioriteit van een meerdere, 'of durf je het niet te lezen?'

Minutenlang blijven ze elkaar strak in de ogen kijken boven het boek, dat de generaal Konrád aanreikt; op dat moment trilt zijn hand niet.

'Op die vraag,' zegt de gast eindelijk, 'geef ik geen antwoord.'

'Ik begrijp het,' zegt de generaal. Zijn stem klinkt bijzonder tevreden.

Met een trage beweging gooit hij het smalle boekje in de hete as. Die begint donker te gloeien en neemt haar slachtoffer in zich op, slurpt langzaam de stof van het boek op; er stijgt rook op en er slaan kleine vlammetjes uit. Ze zitten roerloos te kijken hoe de vlammen oplaaien; het vuur leeft en lijkt wel vrolijk te worden in het bezit van deze onverwachte prooi, het begint te hijgen en te flikkeren, de vlammen flakkeren hoog op, de was van het zegel is al gesmolten, het gele fluweel brandt met een bittere walm, de beenkleurige bladzijden lijken door een onzichtbare hand te worden omgeslagen, plotseling wordt tussen de vlammen het handschrift van Krisztina zichtbaar, de puntige hanenpoten, aan het papier toevertrouwd door een hand die reeds tot stof is vergaan, en het papier met de letters, het boek, wordt stof en as, zoals de hand die eens de bladzijden heeft volgeschreven. Er blijft alleen een zwarte vlek in de gloeiende as over, met een zijdeachtige kleur als moiré, zwarte rouwstof.

Ze kijken naar de zijdeachtige zwarte as, aandachtig en zwijgend.

'Nu zou je antwoord kunnen geven op mijn vraag,' zegt de generaal. 'Er is niemand meer die jouw verklaring zou kunnen tegenspreken. Wist Krisztina ervan dat je me die ochtend in het bos wilde doden? Geef je antwoord?'

'Nu geef ik ook op die vraag geen antwoord meer,' zegt Konrád.

'Goed,' zegt de generaal dof, bijna onverschillig.

19

De zaal wordt koud om hen heen. Het schemert nog niet, maar door de half geopende vleugelramen voelen ze de frisse, naar tijm geurende adem van het morgenuur. De generaal wrijft kouwelijk in zijn handen.

Nu, in het halfduister van het halfuur dat aan het ochtendgloren voorafgaat, zijn ze beiden heel oud. Ze zijn geel en benig, als de rammelende gestalten in het knekelhuis.

Zonder overgang tilt de gast met werktuiglijke bewegingen zijn hand op en kijkt met een bijziende blik naar het armbandhorloge om zijn pols.

'Ik denk,' zegt hij zacht, 'dat we nu alles besproken hebben. Het is tijd om te gaan.'

'Als je weg wilt...' zegt de generaal hoffelijk, 'de wagen staat klaar.'

Ze staan allebei op, gaan onwillekeurig voor de haard staan en buigen voorover om hun magere handen met een kouwelijke beweging naar de as van het uitgedoofde vuur uit te strekken. Nu voelen ze pas dat ze verkleumd zijn en rillen van de kou: de nacht is onverwachts koud geworden; het onweer dat in de elektriciteitscentrale van de nabijgelegen stad de lichten heeft gedoofd, is vlak langs het kasteel getrokken.

'Je gaat terug naar Londen,' zegt de generaal, alsof hij in zichzelf spreekt.

'Ja,' antwoordt de gast.

'Wil je daar leven?'

'Leven en sterven,' antwoordt Konrád.

'Ja,' zegt de generaal. 'Natuurlijk. Wil je niet hier blijven tot morgen? Iets gaan zien? Iemand ontmoeten? Je hebt het graf nog niet gezien. Nini heb je ook niet gezien,' zegt hij behulpzaam.

Hij spreekt aarzelend, alsof hij de juiste woorden zoekt voor het afscheid en ze niet kan vinden. Maar de gast blijft kalm en geeft bereidwillig antwoord op de vragen.

'Nee,' zegt hij. 'Ik wil niets en niemand zien. Doe Nini de groeten van me,' zegt hij hoffelijk.

'Bedankt,' zegt de generaal. En ze lopen in de richting van de deur.

De generaal legt zijn hand op de deurkruk. Zo staan ze tegenover elkaar, volgens de regels van het maatschappelijk verkeer, met het bovenlichaam wat gebogen, klaar om afscheid te nemen. Ze kijken nog een keer de kamer rond, die ze – dat voelen ze – nooit meer zullen betreden. De generaal kijkt met een bijziende blik om zich heen, alsof hij iets zoekt.

'De kaarsen,' zegt hij verstrooid, als zijn oog valt op de walmende stompjes in de kandelaar op de rand van de kachel. 'Kijk, de kaarsen zijn tot op het stompje opgebrand.'

'Twee vragen,' zegt Konrád zonder overgang, op doffe toon, 'je zei: twee vragen. Wat is de andere?'

'De andere?' zegt de generaal. Ze buigen zich naar elkaar toe als twee oude kompanen die bang zijn voor de schaduwen van de nacht en ook vrezen voor de oren van de muren. 'De andere vraag?' herhaalt hij fluisterend. 'Maar je wilde op de eerste al geen antwoord geven... Kijk,' zegt hij heel zacht, 'de vader van Krisztina verweet me dat ik het overleefd had. Hij bedoelde dat ik alles overleefd had. Want je geeft niet alleen antwoord door te sterven. Dat is een goed antwoord. Maar je geeft ook antwoord door iets te overleven. Wij hebben beiden deze vrouw overleefd,' zegt hij op vertrouwelijke toon. 'Jij door weg te gaan, ik door hier te blijven. Wij hebben haar overleefd, laf of blind, verongelijkt of wijs, we hebben het overleefd, dat is een feit. En denk je niet dat we daar reden toe hadden? Denk je niet dat we over het graf heen verantwoording schuldig zijn aan haar, die hoe dan ook meer en menselijker was dan wij – zij was meer, want ze stierf, dus ze gaf ons allebei antwoord, terwijl wij bleven leven, en dat kan niet mooier gemaakt worden dan het is. Dit zijn de feiten. Wie iemand overleeft, is altijd een verrader. We hadden het gevoel dat we moesten blijven leven, en dat kan niet vergoelijkt worden, want zij is eraan gestorven. Ze is eraan gestorven dat jij bent weggegaan, dat ik hier ben gebleven en geen toenadering zocht, ze is eraan gestorven dat wij, de twee mannen bij wie ze hoorde, gemener, trotser, laffer, schreeuweriger en zwijgzamer waren dan wat een vrouw kon verdragen: we zijn voor haar weggelopen en we hebben haar verraden, want we hebben haar overleefd. Dit is de waarheid. Dit moet je weten, in Londen, als alles ten einde is, in het laatste uur, alleen. Ik zal het ook weten, in dit huis, ik weet het nu al. Iemand overleven van wie we zoveel hebben gehouden dat we er een moord voor hadden kunnen plegen, iemand te overleven met wie we zo'n diepe verbondenheid voelden dat we er bijna aan doodgingen, is een van de geheimzinnige en moeilijk te kwalificeren delicten van het leven. De wetboeken kennen deze misdaad niet. Maar wij beiden weten het,' zegt hij zacht, droog. 'En we weten ook dat we met al onze verongelijkte, laffe en hautaine scherpzinnigheid niets hebben kunnen redden voor onszelf, want zij is gestorven en wij zijn blijven leven, en wij waren alle drie met elkaar verbonden, hoe dan ook, in leven of dood. Dat is heel moeilijk te begrijpen, en wanneer je het begrijpt, is het bijzonder verontrustend. Wat wilde je bereiken door haar te overleven? Wat heb je daarmee gewonnen? Ben je verlost van pijnlijke situaties? Wat doen situaties ertoe als de waarheid van het leven in het geding is, dat er een vrouw is op aarde is die jou na aan het hart ligt, en deze vrouw is getrouwd met de man die je vriend is en die jou ook na aan het hart ligt? En wat doet het ertoe wat de mensen daarover denken? Niets,' zegt hij eenvoudig. 'Uiteindelijk doet de wereld er niets toe. Het enige wat ertoe doet, is wat er in ons hart blijft.'

'Wat is het,' vraagt de gast, 'wat in ons hart blijft?'

‘De andere vraag,’ antwoordt de generaal. Hij laat de deurkruk niet los. ‘De andere vraag, die hierop neerkomt: wat hebben we gewonnen bij al onze scherpzinnigheid, trots en superioriteit? De andere vraag is of dat niet de werkelijke inhoud van ons leven is geweest, deze pijnlijke aantrekking tot een vrouw die gestorven is. Het is een moeilijke vraag, ik weet het. Ik kan er geen antwoord op geven. Ik heb alles meegemaakt, alles gezien, en op deze vraag kan ik geen antwoord geven. Ik heb vrede en oorlog gezien, ellende en pracht, ik heb jou laf gezien en mezelf trots, ik heb strijd en compromis gezien. Maar aan het fundament van het leven was de zin van al onze handelingen misschien toch deze band, die we met iemand hadden – band of passie, noem het wat je wilt. Is dat de vraag? Ja, dat is de vraag. Ik zou graag willen weten,’ vervolgt hij zo zacht, alsof hij bang was dat iemand achter zijn rug stond en zijn woorden afluisterde, ‘wat jouw mening hierover is. Denk jij ook dat het leven geen andere zin heeft dan de passie, die op een dag ons hart, onze ziel en ons lichaam doordringt, en dan eeuwig blijft branden, tot de dood? Wat er intussen ook gebeurt? En dat we, als we dat hebben beleefd, niet voor niets geleefd hebben? Is passie zo diep, zo wreed, zo groots, zo onmenselijk? En geldt zij misschien niet eens voor een persoon, maar voor het verlangen zelf? Dat is de vraag. Of geldt zij toch voor een persoon, eeuwig en altijd voor die ene geheimzinnige persoon, die goed kan zijn of slecht, want de intensiteit van de passie hangt niet af van de daden en eigenschappen van het object van onze passie? Geef antwoord, als je kunt,’ zegt hij luider, op dwingende toon.

‘Waarom vraag je het mij?’ zegt de ander rustig. ‘Je weet dat het zo is.’

En ze nemen elkaar op van top tot teen.

De generaal ademt zwaar. Hij duwt de deurkruk omlaag. In het grote trappenhuis bewegen schaduwen en flakkeren zwakke lichten. Ze lopen in stilte de trap af, lakeien komen hun haastig tegemoet met lichten, jas en hoed. Voor de openslaande poort knerpt het wiel van de wagen op de witte kiezels. Ze nemen afscheid zonder woorden, met een stille handdruk; ze maken beiden een diepe buiging.

20

De generaal gaat terug naar zijn kamer. Aan het eind van de gang wacht de min op hem.

'Heb je nu meer rust?' vraagt de min.

'Ja,' zegt de generaal.

Ze lopen samen in de richting van het woonvertrek. De min loopt met snelle, kleine pasjes, alsof ze net was opgestaan en op weg was naar haar werkzaamheden van de ochtend. De generaal stapt langzaam voort, leunend op zijn stok. De lege plek die de plaats van het portret van Krisztina aangeeft, doet hem stilhouden.

'Het schilderij,' zegt hij, 'kun je nu ook wel terughangen.'

'Ja,' zegt de min.

'Het is niet van belang,' zegt de generaal.

'Ik weet het.'

'Welterusten, Nini.'

'Welterusten.'

De min gaat op haar tenen staan en zet met haar kleine hand, waarvan de gele huid rimpelig aan de botten kleeft, een kruisteken op het voorhoofd van de grijsaard. Ze kussen elkaar. Deze kus is onwerkelijk, kort en vreemd; als iemand hen zou zien, zou hij een glimlach zeker niet kunnen onderdrukken. Maar zoals elke kus tussen twee mensen is ook deze kus een antwoord, een grotesk en teder antwoord op een vraag die met woorden niet uit te spreken is.

Colofon

Gloed van Sándor Márai is een uitgave in de Wereldbibliotheekreeks 2000. Het omslag werd verzorgd door Joost van de Woestijne. De tekst werd gezet uit de Minion en gedrukt op crèmekleurig romandruk.

Tevens verschijnen in deze reeks:

Bernhard Kegel *De achtste scheppingsdag*
Calixthe Beyala *Mama heeft een minnaar*
Paola Calvetti *De geheime liefde*
Agneta Pleijel *Liefde in Stockholm*
David Trueba *Vier vrienden*
José Pablo Feinmann *De misdaden van Van Gogh*

Eerder verschenen onder andere:

Michal Viewegh *Het reisgezelschap*
Jens-Martin Eriksen *Winter bij dageraad*
Bernhard Kegel *Het leisteenskelet*
Edwidge Danticat *Land voor de levenden*
Rosa Montero *De dochter van de kannibaal*
Sebastiano Vassalli *De nacht van de wolf*
Raymond Bozier *Gehucht*
Isabel Allende *Fortuna's dochter*
Silvana La Spina *De minnaar uit het paradijs*
Mary Morris *Een moederliefde*
Rossana Campo *De Amerikaanse acteur*
Rubem Fonseca *In mijn door lust verdorven leven...*
A.B. Yehoshua *Reis naar het einde van het millennium*
Leena Lander *Het huis met de zwarte vlinders*
Russell Banks *De erfenis*
Patrícia Melo *Liegen duurt het langst*
Sylvie Germain *Tobias*